JEFF KINNEY'NİN DİĞER KİTAPLARI

Saftirik'in Günlüğü

Saftirik'in Günlüğü 2: Rodrick Kuralları

Yakında

Saftirik'in Günlüğü: Kendin Yap

Saftirik'in Günlüğü 4

Çeviri: İlker Akın

SAFTİRİK

TÜRÜNÜN SON ÖRNEĞİ

Jeff Kinney

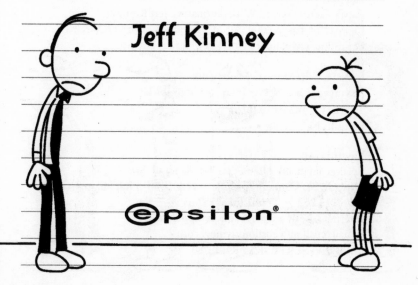

epsilon®

SAFTİRİK Greg'in Günlüğü
TÜRÜNÜN SON ÖRNEĞİ

Orijinal Adı: Diary Of A Wimpy Kid / The Last Straw
Yazarı: Jeff Kinney
Genel Yayın Yönetmeni: Meltem Erkmen
Çeviri: İlker Akın
Düzenleme: Gülen Işık
Düzelti: Fahrettin Levent
Kapak Uygulama: Berna Özbek Keleş

24. Baskı: Mart 2016

ISBN: 978 9944 82-253-4

Baskı ve Cilt: Mimoza Matbaacılık
Davutpaşa Cad. No: 123 Kat: 1-3 Topkapı-İst
Tel: (0212) 482 99 10 (pbx)
Sertifika No: 33198

Yayımlayan:
Epsilon Yayıncılık Hizmetleri Tic. San. Ltd. Şti.
Osmanlı Sk. Osmanlı İş Merkezi No: 18 / 4-5 Kâğıthane/İstanbul
Tel: 0212.252 38 21 pbx Faks: 252 63 98
İnternet adresi: www.epsilonyayinevi.com
e-mail: epsilon@epsilonyayinevi.com
YAYINEVİ SERTİFİKA NO: 12280

TIM'e

OCAK

<u>Yılbaşı</u>

Biliyorsunuz, herkesin yeni yılın başında "daha iyi bir insan" olmak için planlar yapması gerekir.

Ama benim sorunum şu: Kendimi geliştirecek yollar bulmam hiç kolay değil, çünkü ben zaten tanıdığım en iyi insanlardan biri olduğumu düşünüyorum.

Bu yüzden, bu yılki planım, gelişmesi gereken BAŞ-KA insanlara yardımcı olmaya çalışmak. Ama ne yazık ki insan, yardım etmeye çalıştığı bazı kişilerin bunun değerini bilemediğini görüyor.

BENCE PATATES CİPSLERİNİ DAHA SESSİZ ÇİĞNEMEYE ÇALIŞMALISIN:

KART KURT

Bu arada bir şey fark ettim: Bizim ailenin üyeleri yeni yıl planlarına sadık kalmak konusunda pek başarılı DEĞİL.

Annem bugün spor salonuna gitmeye başlayacağını söyledi ama bütün öğleden sonrayı televizyon izleyerek geçirdi.

Babam da sıkı bir diyete başlayacağını söylüyordu ama yemekten sonra onu garajda çikolatalı keklere yumulmuş bir halde yakaladım.

ŞAPIR ŞUPUR

Kardeşim Manny bile planına sadık kalamadı.

Bu sabah herkese artık "kocaman adam" olduğunu ve emziğini temelli bıraktığını söyledi. Sonra en sevdiği emziği çöpe attı.

Ama bu yeni yıl planı bir DAKİKA bile sürmedi.

Ailemde yeni yıl planı olmayan tek kişi ağabeyim Rodrick. Bu da kötü, çünkü onun listesinin bir buçuk kilometre uzunluğunda filan olması gerekiyordu.

Ben de Rodrick'in daha iyi bir insan olması için bir program oluşturmaya karar verdim. Planımın adını "Üç Faulde Oyun Dışı" koydum. Temel fikir şuydu: Ne zaman Rodrick'in ortalığı karıştırdığını görsem, tabelasına küçük bir X koyacaktım.

Ben daha "Oyun Dışı"nın ne anlama geldiğine karar veremeden, Rodrick üç faul aldı bile.

BAM
BAM
BAM

Her neyse, ben de KENDİ planımdan vazgeçsem mi diye düşünmeye başladım. Hem çok uğraşmak gerekiyor hem de şimdiye dek hiç ilerleme kaydedemedim.

Üstelik anneme cipsleri daha sessiz çiğnemesini beş milyarıncı kez hatırlattığımda, kendisi çok önemli bir noktaya parmak bastı. "Herkes SENİN gibi mükemmel olamaz, Gregory," dedi. Şimdiye kadar gördüklerime bakıyorum da, sanırım haklı.

Perşembe

Babam şu diyet meselesini yeniden deniyor; bu da benim için kötü haber. Neredeyse üç gün hiç çikolata yemedi; bu yüzden BURNUNDAN SOLUYARAK dolaşıyor.

Önceki gün, babam beni uyandırdıktan ve okula gitmek için hazırlanmamı söyledikten sonra, yanlışlıkla yeniden uyuyakalmışım. İnanın bana, bu HATAYI bir daha asla yapmayacağım!

Sorunun bir bölümü şu: Babam beni hep annem duştan çıkmadan önce uyandırıyor. Bu yüzden yataktan gerçekten kalkmak için hâlâ on dakikam olduğunu biliyorum.

Dün babamı kızdırmadan biraz daha uyumanın çok iyi bir yolunu buldum. O beni uyandırdıktan sonra, yorganımı, battaniyemi alıp koridora taşıdım ve banyonun önünde duş sıramı bekledim.

Sonra havalandırma deliğinin üzerine uzandım. O sıcacık yerde uyumak, yatağımda uyumaktan ÇOK DAHA GÜZELDİ.

Ancak bir sorun vardı: Her defasında yalnızca beş dakikalık bir sıcaklık oluyordu. Bu yüzden havalandırma deliğine sıcaklık gelmediğinde, soğuk metalin üzerinde yatmış oluyordum.

Bu sabah, annemin duştan çıkmasını beklerken, birinin ona Noel'de bornoz hediye ettiğini hatırladım. Gidip dolaptan bornozu aldım.

Bunun yaptığım en akıllıca şeylerden biri olduğunu söyleyebilirim. O bornozu giymek, kurutucudan yeni çıkmış, kocaman, yumuşacık bir havluya sarınmak gibiydi.

Bornozu o kadar sevdim ki duştan SONRA da giymeye devam ettim. Sanırım babam bunu önce kendisi akıl edemediği için beni kıskandı. Çünkü mutfak masasına gittiğimde suratı fazlasıyla asıktı.

13

Size şunu söyliyim, kadınlar bornoz giymekte hak-
lılarmış. Başka neleri kaçırdım, onu merak ediyorum
şimdi.

Keşke ben de Noel'de bornoz isteseymişim. Çünkü
eminim annem kendi bornozunu benden geri iste-
yecek.

Hediyeler konusunda bu yıl yine hüsrana uğradım.
Noel sabahı merdivenlerden indiğimde, beni zor bir
günün beklediğini biliyordum. Çorabımdaki hediye-
lerin bir deodorant ve bir "seyahat sözlüğü"nden iba-
ret olduğunu görünce yanılmadığımı anladım.

Galiba siz ortaokula başladıktan sonra büyükler,
oyuncak ya da başka eğlenceli şeyler hediye edilecek
yaşı çoktan geçtiğinizi düşünüyorlar.

Ama yine de süslü püslü hediyeleri açarken heyecan-lanmanızı bekliyorlar.

Bu yılki hediyelerimin çoğu kitap ya da giysiydi. Ge-lenler arasında oyuncağa en yakın olan şey, Charlie Amca'nın hediyesiydi.

Charlie Amca'nın hediyesini açtığımda, ne olduğunu bile anlayamadım. Büyük, plastik bir halkaya ağ ta-kılmıştı.

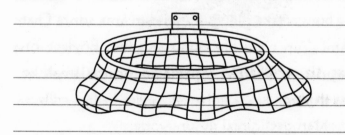

Charlie Amca bunun "Çamaşır Potası" olduğunu açıkladı. Bunu odamın kapısının arkasına asacakmışım. Böylece kirli kıyafetlerimi kaldırmak "eğlenceli" hale gelecekmiş.

Önce bunun şaka olduğunu sandım ama sonra Charlie Amca'nın ciddi olduğunu anladım. Böylece ona çamaşırlarımı BENİM yıkamadığımı açıklamak zorunda kaldım.

Ona kirli giysilerimi yere attığımı, annemin bunla-
rı toplayıp alt kattaki çamaşır odasına götürdüğünü
söyledim.

Birkaç gün sonra hepsi güzelce katlanmış bir halde,
tertemiz, bana geri dönüyor.

Charlie Amca'ya Çamaşır Potası'nı iade etmesini ve
bana nakit vermesini, böylece İŞİME YARAYACAK
bir şey alabileceğimi söyledim.

Derken annem söze karıştı. Charlie Amca'ya, Çama-
şır Potası'nın HARİKA bir fikir olduğunu söyledi.

Bundan sonra KENDİ çamaşırımı KENDİM yıkayacakmışım. Yani böylece, Charlie Amca bana Noel'de ev işi hediye etmiş oldu.

Bu yıl böyle saçma sapan hediyeler almam ne kötü. Son birkaç aydır insanlara yağ çekip duruyordum. Bunun karşılığını da Noel'de göreceğimi sanıyordum.

Ama şimdi kendi çamaşırlarımdan kendim sorumluyum. Sanırım hediye gelen giysilere SEVİNİYORUM. Böylece temiz giysilerim beni okul yılı sonuna kadar idare eder.

Pazartesi

Bu sabah Rowley ile birlikte otobüs durağına çıktığımızda, sevimsiz bir sürprizle karşılaştık. Cadde tabelamızın üzerine bir kâğıt yapıştırılmıştı. Kâğıtta bindiğimiz otobüsün güzergahının değiştiği yazıyordu. Bu da okula kadar yürümek zorunda olduğumuz anlamına geliyordu.

Bu fikir hangi dahinin aklına geldi, merak ediyorum! Bizim ev okula öyle uzak ki!

Rowley ile okula zamanında varabilmek için koşmak zorunda kaldık. İşin en gıcık tarafı da, otobüsümüz yanımızdan geçip gitti ve Whirley Caddesi çocuklarıyla, yan, komşu mahallenin çocuklarıyla doluydu.

Whirley Caddesi çocukları yanımızdan geçerken maymun gibi sesler çıkarıp gürültü yaptılar. Çok sinir bozucuydu, çünkü eskiden biz de onların yanından geçerken AYNISINI yapardık.

Çocukları okula kadar yürütmek çok kötü bir fikir. Neden mi? Çünkü bugünlerde öğretmenler dünya kadar ödev veriyorlar. Biz de bütün defter ve kitaplarımızı eve götürmek zorunda kalıyoruz. Bu yüzden sırt çantalarımız çok ağır oluyor, yerinden kalkmıyor.

Bunun zaman içinde çocuklar üzerinde nasıl bir etki yarattığını görmek istiyorsanız, Rodrick ve arkadaşlarına bakmanız yeter.

Gençlerden söz etmişken, babam bugün büyük bir zafer kazandı. Mahallemizin en kötü genci, Lenwood Heath adında bir çocuk. Kendisi babamın bir numaralı düşmanı. Babam onun yüzünden belki elli kez polisi aramıştır.

Herhalde Lenwood'un ailesi de onun yaptıklarından bıktı. Lenwood'u askeri okula göndermişler.

Bunun babamı mutlu ettiğini düşünebilirsiniz. Ancak ben onun bu gezegendeki her bir genç ıslahevine ya da hapse gönderilene kadar tatmin olacağını sanmıyorum. Rodrick de buna dahil.

Dün annemle babam kitaplar alıp askeri okul sınavlarına çalışması için Rodrick'e para vermişler ama Rodrick bütün parayı dövmeye yatırmış.

Benim genç olmama biraz daha zaman var. Ancak olduğum dakika, babamın beni de bir yerlere postalamak için fırsat kollayacağından eminim.

Pazartesi
Geçen hafta boyunca, Manny her gece yataktan kalkıp aşağı geldi.

Annemse onu yatağına geri götürmek yerine bizimle oturup televizyon izlemesine izin veriyor.

Bu haksızlık, çünkü Manny yanımızda olduğunda, istediğim programların hiçbirini izleyemiyorum.

Tek söyleyebileceğim şu: Ben çocukken öyle "yataktan kalkmak" filan yoktu. Bunu bir iki kere yapmıştım ama babam hemen haddimi bildirmişti.

Babam o zamanlar her gece bana "Cömert Ağaç" diye bir kitap okurdu. Çok güzel bir kitaptı ama arkasında yazarın, yani Shel Silverstein adındaki adamın resmi vardı.

Ancak Shel Silverstein, çocuklar için kitaplar yazan bir adamdan çok hayduda ya da korsana benziyordu.

Babam o resmin beni korkuttuğunu anlamıştı herhalde. Bir gece ben yataktan kalkınca dedi ki:

Bu gerçekten işe yaradı. O zamandan beri, hâlâ geceleri yataktan kalkmıyorum. Tuvalete gitmem gerekse bile!

Annemle babamın Manny'ye Shel Silverstein kitapları okuduklarını sanmıyorum; bu yüzden Manny onu yatağa yatırdıktan sonra kalkmaya devam ediyor.

Annemle babamın Manny'ye okudukları masalların bazılarını duydum. Bu kitapları yazan insanlar resmen üçkağıtçı!

Bir kere içlerinde doğru düzgün söz yok. İnsan bir kitabı beş saniyede yazar herhalde.

AYICIĞIMIZ UYUSUN
UYUSUN DA BÜYÜSÜN
GÜZEL RÜYALAR GÖRSÜN
MASAL DA BURDA BİTSİN

Anneme Manny'nin kitaplarıyla ilgili düşündükleri-mi söyledim. O da bana kitap yazmak bu kadar kolay geliyorsa, bir tane yazmamı söyledi.

Ben de öyle yaptım. İnanın bana, hiç zor değilmiş. Yapmanız gereken tek şey sevimli bir adı olan bir kahraman yaratmak ve kitabın sonunda bu kahrama-nın bir ders aldığından emin olmak.

Şimdi bu kitabı bir yayıncıya göndereceğim. Sonra gelsin paralar!

Akıllan Bay Sivrizeka!

Yazan: Greg Heffley

Bir zamanlar bütün bu saçma sapan düşünceleri düşünen Bay Sivrizekâ adında bir adam varmış.

Bir gün Bay Sivrizekâ arabasıyla dolaşmaya çıkmış.

Ama sonra...

Ve sonra...

Ve sonunda...

SON

Ne demek istediğimi anladınız mı? Kitabı bitirdiğimde, hiç kafiyeli yazmadığımı fark ettim. Ancak yayıncı bunu istiyorsa bana fazladan para ödemek zorunda.

Cumartesi

Son iki haftayı okula yürüyerek gidip gelerek geçirdikten sonra, iki gün yan gelip yatmayı dört gözle bekliyordum.

Cumartesi günü televizyon izlemenin en gıcık tarafı, bowling ya da golf yarışmalarından başka bir şey olmaması. Üstelik camdan da güneş giriyor ve insan televizyon ekranını doğru dürüst göremiyor.

HARİKA ATIŞTI DAVE!

Bugün kanalı değiştirmek istedim ama uzaktan kumanda aleti sehpanın üzerindeydi. Ben de kucağımda yulaf ezmesi kâsemle rahat rahat oturuyordum. Canım kalkmak istemedi.

Ben de Düşünce Gücü'mü kullanarak kumanda aletini yanıma getirmeyi denedim. Gerçi bunu daha önce de bir milyon kez denemiştim ama bir kez olsun işe yaramamıştı. Bugün on beş dakika boyunca uğraştım ve acayip konsantre oldum ama yok, olmadı! Keşke babamın bütün bu süre boyunca arkamda durduğunu bilseydim.

UUMM UMM UUMM UMM...

Babam bana dışarı çıkıp biraz egzersiz yapmam gerektiğini söyledi. Ben de ona zaten SÜREKLİ egzersiz yaptığımı ve daha bu sabah onun bana aldığı mekik aletiyle çalıştığımı söyledim.

Ama daha akla yatkın bir şeyler uydursam iyi olurdu çünkü bunun doğru olmadığı çok açıktı.

Babamın benim spor yapmamla bu kadar ilgilenme-
sinin nedeni ne, biliyor musunuz? Kendisinin Bay
Warren adında bir patronu var. Bay Warren'ın da
spor delisi olan üç oğlu var. Babam her gün işten eve
gelirken o oğlanları evlerinin önündeki çimenlikte
spor yaparken görüyor.

Bu yüzden eve gelip de KENDİ çocuklarının nelerle ilgilendiğini görünce hayal kırıklığına uğruyor sanırım.

Her neyse, dediğim gibi, babam bu sabah beni evden postaladı. Aklıma yapmak istediğim hiçbir şey gelmiyordu ama sonra iyi bir fikir geldi.

Dün öğle yemeğinde Albert Sandy Çin'de, Tayland'da ya da öyle bir yerde, iki metre havaya sıçrayabilen birinden bahsediyordu. Şaka yapmıyorum! Adam önce on santim derinliğinde bir çukur açıyormuş ve yüz kez bunun içinden dışına sıçrıyormuş. Ertesi gün, çukurun derinliğini iki katına çıkarıp bunun içinden dışına sıçrıyormuş. Beşinci gün adeta bir kanguruya dönüşüyormuş.

Masamızdaki çocukların bazıları Albert'ı palavra sıkmakla suçladı. Ama söyledikleri BANA mantıklı gelmişti. Üstelik şöyle bir düşündüm. Eğer Albert'ın söylediklerini yapar ve programa birkaç gün daha eklersem, bana zorbalık eden bütün çocukların hakkından gelebilirdim!

Garajdan bir kürek aldım ve ön bahçede kazılmaya uygun görünen bir yer buldum. Ama ben işe koyulmadan önce annem dışarı çıktı ve ne yaptığımı sordu.

Ona sadece bir çukur kazacağımı söyledim ama tabii bu fikirden hoşlanmadı. Hemen neden bunu yapma iznimin olmadığı konusunda nerdeyse yirmi bahane sıraladı.

Yerin altından geçen elektrik kabloları, borular, falan filan yüzünden bahçeyi kazmam "tehlikeli" imiş. Sonra benden bahçeyi kazmayacağıma dair söz vermemi istedi. Ben de söz verdim.

Annem içeri girdi ama pencereden beni izlemeye devam etti. Küreğimi alıp çukur kazacak başka bir yer bulmak zorunda olduğumu anlamıştım. Ben de Rowley'nin evine yöneldim.

Epeydir Rowley'lerin evine gitmiyordum. Daha çok Fregley yüzünden. Fregley ön bahçelerinde çok zaman geçiriyor. Tabi bugün de oradaydı.

BU KABUĞUN KOKUSU SANA DA KOMİK GELİYOR MU?

Fregley ile ilgili yeni stratejim onunla göz göze gelmekten kaçınmak ve yürümeye devam etmek. Bu yöntem bugün de işe yaramış gibiydi.

Rowley'lerin evine vardığımda ona fikrimi anlattım. Eğer bu çukur-sıçrama programını uygularsak ikimizin de birer ninjaya dönüşeceğimizi söyledim.

Ama Rowley bu fikre pek bayılmamış gibiydi. Annesiyle babasının, onlardan izin almadan bahçeye bu kadar derin bir çukur kazmamız halinde deliye döneceklerini, bu yüzden izin alması gerektiğini söyledi.

Şimdi, Rowley'nin anne babası hakkında bildiğim bir şey varsa, o da benim fikirlerimden hiç ama hiç hoşlanmadıkları. Rowley'ye çukurun üzerini tenteyle, battaniyeyle, onun gibi bir şeyle örtebileceğimizi, üzerini de yapraklarla kapatabileceğimizi, böylece annesiyle babasının bunu asla fark edemeyeceklerini söyledim. Bu onu ikna etmiş gibiydi.

Tamam, itiraf ediyorum, Rowley'nin annesiyle babası eninde sonunda bunu öğrenebilirler. Ama bu nerden baksanız üç ya da dört ayı bulur.

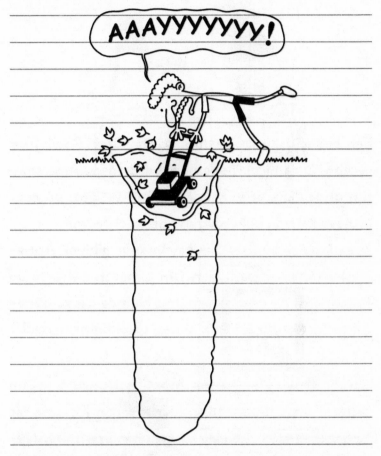

Rowley ile birlikte ön bahçede kazmak için iyi bir yer bulduk ama hemen bir sorunla karşılaştık.

Yer kaskatıydı; bir santim bile kazamadık.

Ben birkaç dakika uğraştım, sonra küreği Rowley'ye verdim. O da hiçbir ilerleme kaydedemedi. Ama sıranın onda daha uzun kalmasına izin verdim, böylece projeye katkıda bulunduğunu hissedebilecekti.

Rowley benden daha fazla kazdı ama hava kararırken kazmayı bıraktı.

Sanırım yarın sabah bu işin üzerine tekrar gitmeliyiz.

Pazar

Bütün gece düşündüm de, böyle giderse Rowley ve ben iki metrelik bir çukur kazmayı başardığımızda yüksekokula başlamış olacağız.

Ben de ne yapabileceğimiz konusunda tamamen farklı bir fikir geliştirdim. Bir keresinde televizyonda görmüştüm; bilim adamları "zaman kapsülü" diye bir şey yapıyorlardı. Bunun içini gazetelerle, DVD'lerle filan dolduruyorlardı. Sonra da kapsülü yerin altına gömüyorlardı. Fikir şuydu: Birkaç yüzyıl sonra biri burayı kazacak ve bizim zamanımızın insanlarının nasıl yaşadığını öğrenecekti.

ZAMAN
KAPSÜLÜ

2300 YILINA KADAR
AÇMAYIN

Rowley'ye fikrimden söz ettim; çok heveslendi. Sanırım daha çok önümüzdeki birkaç yılı çukur kazarak geçirmeyeceğimiz için sevindi.

Rowley'den zaman kapsülüne biraz eşya bağışlamasını istedim; tüyleri diken diken oldu.

Rowley'ye eğer Noel hediyelerinden bazılarını zaman kapsülüne koyarsa, gelecekte kutuyu açan insanların gerçekten çok yararlı bilgiler elde edeceklerini söyledim. O da bunun haksızlık olduğunu, çünkü BENİM Noel hediyelerimi kapsüle koymadığımı söyledi. Ben de ona gelecekte insanların kutuyu açıp da giysiler ve kitaplarla karşılaşmaları halinde bizim son derece sıkıcı yaratıklar olduğumuzu düşüneceklerini açıklamak zorunda kaldım.

Sonra Rowley'ye sırf benim de fedakârlık yaptığımı göstermek için kutuya KENDİ PARAMDAN üç dolar koyacağımı söyledim. Bu onu ikna etti. Yeni bilgisayar oyunlarından birini ve iki eşyasını daha kutuya koymaya razı oldu.

Aslında Rowley'yi dahil etmediğim gizli bir planım vardı. Zaman kapsülüne nakit para koymanın akıllıca bir hamle olduğunu biliyordum çünkü gelecekte bu 3 dolardan çok daha büyük bir değere sahip olacak.

Bu yüzden umarım zaman kapsülünü bulan kişi zamanda geriye yolculuk eder ve onları zengin ettiğim için beni ödüllendirir.

Kutuyu bulan kişinin kime teşekkür edeceğinden emin olması için küçük bir not yazıp kutuya koydum.

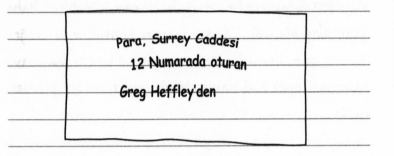

Para, Surrey Caddesi
12 Numarada oturan
Greg Heffley'den

Rowley ile birlikte bir ayakkabı kutusu bulup bütün eşyaları içine koyduk. Sonra kutuyu güçlü bir yapıştırıcıyla mühürledik.

Kutunun çok yakın bir zamanda açılmayacağından emin olmak için dışına da küçük bir not yazdım.

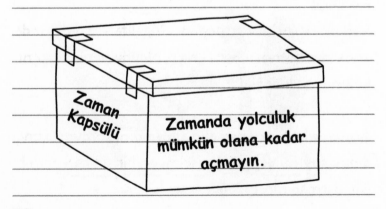

Zaman Kapsülü

Zamanda yolculuk mümkün olana kadar açmayın.

Sonra kutuyu dün kazdığımız çukura koyduk ve elimizden geldiğince gömdük.

Keşke Rowley çukuru derinleştirmek için biraz daha çaba sarf etseydi. Çünkü zaman kapsülümüz doğru dürüst gömülemedi. Umarım kimse oraya bakmaya kalkmaz, çünkü kutunun orada en az yüz yıl kalması gerek.

Pazartesi

Haftam epey zorlu başladı. Yataktan kalktığımda, annemin bornozu her zaman olduğu yerde, kapının kolunda asılı değildi.

Anneme bornozu geri alıp almadığını sordum, almadığını söyledi. Bu yüzden içimden bir ses babamın bu işte parmağının olduğunu söylüyor.

İki gün önce bornoz deneyimiyle havalandırma deliği deneyimini birleştirmenin bir yolunu buldum. Babamın bu fikrimi onayladığını sanmıyorum.

COSS

Sanırım bornozu ya sakladı ya da bir yere attı. Şimdi düşünüyorum da, babam dün akşam yemekten sonra koşa koşa sokağın başındaki çöp kutusuna gidip geldi. Bu pek iyiye işaret değil.

Neyse, eğer babam GERÇEKTEN bornozu çöpe attıysa, bu onun başka birinin özel eşyasını ilk atışı olmayacak. Manny'nin emzik emmeyi bırakmak için ne kadar uğraştığını biliyorsunuz değil mi?

Dün sabah babam Manny'nin bütün emziklerini attı.

Eh, Manny çıldırdı tabi. Annem onu ancak "Böbö" adını verdiği eski battaniyesini bulup çıkararak sakinleştirebildi.

Böbö eskiden mavi bir battaniyeydi; annem onu Manny'nin ilk doğum günü için örmüştü. Tam bir ilk görüşte aşk yaşanmıştı!

Manny nereye gitse battaniyeyi yanında götürüyordu. Annemin onu alıp YIKAMASINA bile izin vermiyordu.

Sonunda lime lime olmaya başladı. Manny iki yaşına geldiğinde, battaniye kuru üzüm ve sümüklerin bir arada tuttuğu iki ayrı parçaya dönüşmüştü.

Sanırım Manny battaniyeye "Böbö" demeye o günlerde başladı.

Geçen iki gün boyunca, Manny Böbö'yü tıpkı bebekliğinde yaptığı gibi, evin içinde sürükledi durdu. Ben de onun yoluna çıkmamak için elimden geleni yaptım.

Çarşamba

Her sabah okula yürüyerek gitmekten yorulmaya başladım. Ben de bu sabah anneme Rowley ve beni okula bırakıp bırakamayacağını sordum. Bunu daha önce sormamamın nedeni şu: Annemin arabası şu saçma sapan çıkartmalarla dolu. Okuldaki çocuklar da böyle şeyler söz konusu olunca çok acımasız olabiliyorlar!

46

Çıkartmaları kazıyıp çıkarmaya çalıştım ama üzerlerinde nasıl bir tutkal varsa, yapıştırıldıkları yerde sonsuza kadar kalıyorlar galiba!

Bugün Rowley ile beni okula annem bıraktı ama ona bizi okulun ARKA tarafında indirmesini söyledim.

Ama salaklık edip sırt çantamı arabada bırakmışım. Annem dördüncü derste çantayı getirdi. Spor salonuna başlamak için de bula bula bugünü bulmuş!

Bu da benim şansım işte! Dördüncü ders, Holly Hills ile ortak tek dersimiz. Ben de bu yıl onun üzerinde iyi bir izlenim bırakmaya çalışıyorum. Ama bu talihsiz olay beni en az üç hafta geriye götürdü.

Holly Hills'i etkilemeye çalışan tek kişi de ben değilim. Galiba sınıftaki bütün erkeklerin gözü onda.

Holly sınıfın en güzel dördüncü kızı. İlk üç sıradakilerin erkek arkadaşları var. Bu yüzden benim gibi bir oğlan onun gözüne girmek için elinden geleni yapıyor.

Ben de kendimi Holly'den hoşlanan diğer şapşallardan ayıracak bir açılım bulmaya çalışıyordum. Sanırım sonunda buldum: Mizah.

Bizim sınıftaki çocuklar, espriler söz konusu olduğunda, ilk çağlardan kalmış gibiler. Size neden söz ettiğim konusunda bir fikir vermek için, işte okulumuzda komik sayılan bir olay:

Ben Holly'nin görüş alanındayken, en iyi malzemeleri kullanmaya çalışıyorum.

Rowley'yi de komedi partnerim olarak kullanıyorum.
Kendisini iki nefis şaka konusunda eğittim.

Ama bir sorun var. Rowley kimin hangi kısmı söyleyeceği konusunda şımarmaya başladı. Bu yüzden bu ortaklığın uzun vadeli olacağını sanmıyorum.

Cuma

Annemin bizi arabayla bırakması konusunda dersimi aldıktan sonra, okula yeniden yürüyerek gitmeye başladım. Ancak bugün öğleden sonra Rowley ile birlikte eve dönerken, yokuşu çıkacak enerjimin olmadığını fark ettim. Rowley'den beni sırtına almasını rica ettim.

Rowley bu fikrin üzerine atlamadı; ben de ona bizim birbirimizin en iyi arkadaşı olduğumuzu ve en iyi arkadaşların böyle zamanlar için olduğunu hatırlatmak zorunda kaldım. Sonunda onun sırt çantasını taşımayı önerince razı oldu.

İçimden bir ses bunun bir kereyle sınırlı kalacağını söylüyor çünkü Rowley beni evin önünde sırtından indirdiğinde bitmiş tükenmişti. Madem okula otobüsle gitmemiz engellendi, bari bizim yokuşa teleferik yaptırsınlar!

Bu önerimi okul müdürüne belki beş kez e-mail ile gönderdim ama henüz cevap almadım.

Eve gittiğimde, ben de çok yorgundum. Yeni bir huy edindim, artık her gün okuldan sonra şekerleme yapıyorum.

Aslında, bu şekerlemeler için YAŞIYORUM. Okuldan sonra uyumak, bataryalarımı şarj etmemin tek yolu. Bazı günler eve gelir gelmez yatağa giriyorum.

Uyku konusunda uzman olmak üzereyim. Dışarıda da her yerde uyuyabiliyorum.

Uyuma konusunda benden daha iyi olduğunu bildiğim tek kişi Rodrick. Bunu söylememin nedeni şu: İki hafta önce annem Rodrick için yeni bir yatak sipariş etmek zorunda kaldı çünkü Rodrick kendi yatağını eskitmişti. Mobilyacılar, eski somya ve yatağı almaya geldiler.

Onlar geldiğinde, Rodrick okul sonrası şekerlemenin ortasındaydı. Adamlar yatağı alıp götürdüler ama Rodrick boş somyanın ortasında uyumaya devam etti.

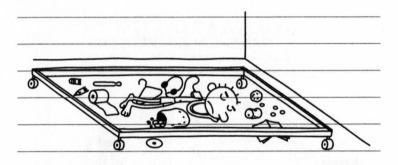

Babamın okul sonrası şekerlemelerimi yasaklamasından korkuyorum. İçimden bir ses onun ikimizi birden akşam yemeği için uyandırmaktan sıkılmaya başladığını söylüyor.

Salı

Bunu itiraf etmekten nefret ediyorum ama sanırım şekerlemelerim notlarımı etkilemeye başladı.

Eskiden ödevlerimi okuldan eve gelince yapar, gece de televizyon izlerdim. Son zamanlarda ödevlerimi televizyon izlerken yapmaya çalışıyorum ve bazen bu pek verimli olmuyor.

Bugüne yetiştirmem gereken dört sayfalık bir biyoloji ödevim vardı. Ama dün gece izlediğim programa takılıp kalmışım. Ben de bütün ödevi teneffüste bilgisayar laboratuarında yazmak zorunda kaldım.

Araştırma yapmak için fazla vaktim yoktu. Ben de ödevi dört sayfaya yaymak için sayfa kenarlarıyla ve yazıların büyüklüğüyle oynadım. Ama Bayan Nolan'ın bu konuda benimle görüşmek isteyeceğinden eminim.

ŞEMPANZELER

Dört sayfalık ödev

Hazırlayan:
GREG HEFFLEY

1

Bu bir şempanze ya da
kısaca şemp de diyebiliriz.

Şu anda elinizde tuttuğunuz
ödevin konusu şempanzeler.

2

Dün Coğrafya sınavında "sıfır" aldım. Ama kendimi savunabilirim; bir yandan futbol izlerken bir yandan da sınava çalışmak çok zor oldu.

Doğrusunu söylemem gerekirse, öğretmenlerin bize bunca şeyi ezberletmesinin gereksiz olduğunu düşünüyorum. Çünkü gelecekte herkesin, kendisine bilmesi gereken şeyleri söyleyen bir robotu olacak zaten.

Öğretmenler demişken, bugün Bayan Craig çok keyifsizdi. Çünkü her zaman masasının üzerinde duran büyük sözlük kaybolmuştu.

Eminim biri sözlüğü ödünç aldı ve yerine koymayı unuttu. Ama Bayan Craig durmadan" çalmak" sözcüğünü kullanıyordu.

Bayan Craig, sözlüğün ders sonuna kadar masasının üzerine dönmemesi halinde teneffüste hiç kimseyi dışarı çıkarmayacağını söyledi.

Kendisi sınıftan çıkacaktı; eğer "suçlu" sözlüğü onun masasına bırakırsa, kimseyi cezalandırmayacak, bu konuyla ilgili hiç soru sormayacaktı.

Bayan Craig, Patty Farrell'ı sınıfa göz kulak olmakla görevlendirip sınıftan çıktı. Patty görevini çok ciddiye alıyor; kendisine sorumluluk verildiğinde, hiç kimse yerinden kımıldamaya cesaret edemiyor.

Sözlüğü alan kişinin bir an önce onu yerine koyup bu yükten kurtulacağını umuyordum; çünkü öğle yemeği için iki kutu kakaolu sütüm vardı.

Ama kimse yerinden kalkmadı. Sözlük yerine konmadı. Bayan Craig de dediğini yaptı ve teneffüste bizi dışarı çıkarmadı. Sonra, sözlük geri gelene kadar her gün bizi sınıfta tutacağını söyledi.

Cuma

Bayan Craig son üç gün bizi sınıftan çıkarmadı ama sözlük hâlâ kayıp. Bugün Patty Farrell hastaydı; Bayan Craig de o yokken sınıfa göz kulak olması için Alex Aruda'yı görevlendirdi.

Alex iyi bir öğrenci ama insanlar ondan Patty Farrell'dan korktukları gibi korkmuyorlar. Bayan Craig sınıftan çıkar çıkmaz, ortalık savaş alanına döndü.

Teneffüslerde sınıfta tıkılıp kalmaktan sıkılan iki oğ-
lan, Bayan Craig'in sözlüğünü alanı bulmaya karar
verdi.

Sorguladıkları ilk kişi, Corey Lamb adındaki oğlandı.
Sanırım Corey çok akıllı olduğu ve hep büyük laflar
ettiği için zanlılar listesinin ilk sırasında yer aldı.

Corey çok geçmeden suçu itiraf etti. Ama bunu baskı
altında olduğu için yaptı bence.

Listedeki diğer çocuk Peter Lynn idi; o da daha kimse ne olduğunu anlayamadan itirafta bulundu.

İki oğlanın gözlerine BENİ kestirmesinin an meselesi olduğunu anlamıştım. Hızla bir şeyler düşünmem gerektiğini biliyordum.

Böyle durumlardan kurtulmak için bir kaçık dahiye sığınmak gerektiğini bilecek kadar Sherlock Holmes kitabı okumuştum. Beni de bu durumdan ancak Alex Aruda kurtarabilirdi.

Böylece ben ve eziyet görmekten korkan iki çocuk daha, bize yardımcı olup olamayacağını sormak için Alex'e gittik.

Ona, Bayan Craig'in sözlüğünü çalan kişi konusundaki gizemi çözmek için kendisine ihtiyaç duyduğumu söyledik. Ama o neden söz ettiğimizi bile bilmiyordu. Kendini kitabına öyle kaptırmıştı ki son iki gündür etrafında olup bitenlerin farkında değildi.

Hem zaten Alex teneffüslerde sınıfta oturup kitap okuyor. Bu yüzden Bayan Craig'in cezası onun hayatında pek büyük bir etki yaratmadı.

Ne yazık ki Alex de yeterince Sherlock Holmes kitabı okumuştu. Bu yüzden bize beş papel karşılığında yardım edeceğini söyledi. Bu haksızlıktı, çünkü Sherlock Holmes o kadar para istemiyor. Ama diğer çocuklarla bu paranın buna değeceği konusunda anlaştık ve paralarımızı birleştirdik.

Olayla ilgili bütün gerçekleri Alex'e anlattık. Ama bizim de pek bir şey bildiğimiz yoktu. Sonra Alex'e bizi doğru hedefe yönlendirip yönlendiremeyeceğini sorduk.

Alex'in notlar almasını ve bilimsel laflar etmesini bekledim. Ama tek yaptığı, elindeki kitabı kapatıp kapağını bize göstermek oldu. Buna İNANAMAYACAK-SINIZ ama okuduğu, Bayan Craig'in sözlüğü idi.

Sözlüğü, önümüzdeki ay yapılacak, ülke çapında düzenlenen yazım yarışması için okuduğunu söyledi. Tabi bunu ona beş papel vermeden ÖNCE bilsek iyi olurdu. Neyse, şikayet ederek harcayacak zamanımız yoktu. Çünkü Bayan Craig her an sınıfa girebilirdi.

Corey Lamb, sözlüğü Alex'in elinden kapıp Bayan Craig'in masasına bıraktı. Ama tam o anda Bayan Craig içeri girdi.

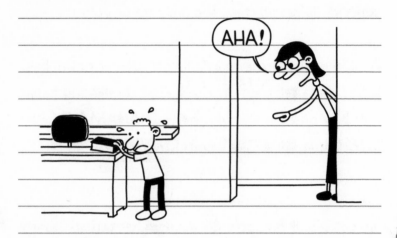

Bayan Craig "kimseyi cezalandırmayacağına" dair sözlerini unuttu; buyüzden Corey Lamb önümüzdeki üç hafta boyunca teneffüslerde dışarı çıkmayacak. Meseleye iyi tarafından bakacak olursak, en azından yalnız değil. Yanında Alex Aruda var.

Salı

Dün kantinde beslenme çantamı boşalttığımda, İKİ
MEYVE ile karşılaştım. Hiç abur cubur yoktu.

Bu çok büyük bir sorundu. Annem her zaman beslen-
me çantama kurabiyeler, gofretler filan koyar. Çünkü
bir tek onları yiyorum. Bu yüzden günün geri kalan
kısmında enerjim sıfırdı.

Eve geldiğimde anneme iki meyve meselesini sordum. Her zaman bize bütün hafta yetecek kadar yiyecek ve malzeme aldığını, bu kez oğlanlardan birinin çamaşır odasındaki kutudan abur cuburları aşırmış olması gerektiğini söyledi.

Eminim annem abur cuburları benim çaldığımı düşünüyor ama inanın bana, ben bu konuda dersimi aldım.

Geçen yıl kutudan yiyecek alıyordum. Ama bir gün okulda beslenme çantamı açıp annemin bunların yerine koyduğu şeyi görünce bedelini ödedim.

BEYLER, ARANIZDA YİYECEĞİNİ BİR KUTU DİYET BİSKÜVİYLE DEĞİŞ TOKUŞ ETMEK İSTEYEN VAR MI?

Bugün öğlen yemeğinde de aynı şey oldu: İki mey-
ve... Abur cubur yok.

Dediğim gibi, ben gücümü şekerden alıyorum. Az
kalsın altıncı saatte Bay Watson'ın dersinde uyuya-
caktım. Neyse ki başım sandalyenin arkasına çarptı
da kendime geldim.

Eve geldiğimde, anneme abur cuburları başkası yer-
ken benim açlık çekmemin haksızlık olduğunu söyle-
ledim. Ama o da hafta sonuna kadar markete gitme-
yeceğini ve o zamana kadar "idare etmek" zorunda
olduğumu söyledi.

Babamdan da fayda yoktu. Ona yakındığımda, hemen abur cuburları çalarken yakalanan kişiye verilecek cezayı uydurdu: "Bir hafta boyunca davul ve bilgisayar oyunu yok!" Demek ki suçlunun ben ya da Rodrick olduğunu düşünüyor.

Dediğim gibi, BEN değilim ama babamın Rodrick konusunda haklı olabileceğini düşündüm. Rodrick yemekten sonra üst kata çıkıp tuvalete gittiğinde, ambalaj ya da kırıntı bulabilir miyim diye bakmak için onun odasına girdim.

Rodrick'in odasında sağa sola bakınırken, onun aşağı indiğini duydum. Hemen saklanmak zorundaydım. Çünkü Rodrick beni odasında yakalayınca nedense kendini kaybediyor. Tıpkı dün olduğu gibi.

Rodrick en alt basamağa geldiğinde, kendimi onun çalışma masasının dolabına attım ve kapıyı kapattım. Rodrick odaya girdi, yatağına uzandı ve arkadaşı Ward'u aradı.

Rodrick ve Ward SAATLERCE konuştular. Bütün geceyi çalışma masasında geçireceğimi düşünmeye başlamıştım.

Rodrick ve Ward insanın kafa üstü dururken kusup kusamayacağı konusunda hararetli bir tartışmaya giriştiler. Ben kusacak gibi oldum. Neyse ki o sırada telefonun şarjı bitti. Rodrick diğer telefonu almak için yukarı çıktı. Ben kendimi dışarı attım.

Param olsaydı, abur cubur meselesi sorun olmazdı. O zaman okuldaki otomattan her gün istediğim şeyi alabilirdim.

Ama şu sıralar beş kuruşum yok. Çünkü bütün paramı hiç kullanamadığım saçma sapan bir şeye harcadım.

Bir ay önce, karikatür dergilerinden birinin arkasında şu ilanları gördüm ve hayatımı TAMAMEN değiştireceği söylenen iki şeyi sipariş ettim.

Siparişlerim iki hafta önce gelmeye başladı.

Nakit Makinesi aptal bir sihir numarasıymış. Çalışması için gizli bölmeye KENDİ paranızı koymanız gerekiyor. Hiçbir işe yaramadı çünkü ben büyüdüğümde iş bulmak zorunda kalmamak için buna güveniyordum.

X-RAY gözlükleri bulanık görmenize ve şaşı bakmanıza neden oluyor. Yani o da fos çıktı!

Sesinizi Atın Gitsin şeyi doğru dürüst çalışmadı bile. Hem de kitapçıktaki bütün talimatlara uyduğum halde.

Ama ben en çok Özel Uçak'tan umutluydum. Özel uçağım gelince, okuldan eve dönmenin ne kadar kolay olacağını düşünüp seviniyordum.

Paket bugün geldi ama içinde özel uçak filan yoktu. Sadece nasıl uçak yapılacağını anlatan bir proje vardı. Ben de Birinci Adım'a baktım.

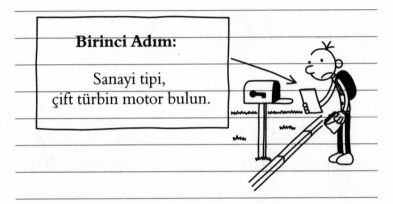

Birinci Adım:

Sanayi tipi,
çift türbin motor bulun.

Bu ilanları yazan insanların çocuklara yalan söyledikleri için vicdanları sızlamıyor mu hiç? Bu adamları mahkemeye vermek için avukat tutmayı düşündüm ama avukatlar da para istiyor ve daha önce de söylediğim gibi, Nakit Makinesi çöpten başka bir şey değil.

Perşembe

Bugün, okuldan eve döndüğümde, annem beni bekliyordu ve pek de mutlu görünmüyordu. Meğer okul yarı dönem karnelerini eve göndermiş. Annem de benim engel olmama fırsat kalmadan, karneyi posta kutusunda bulmuş.

Annem karnemi bana gösterdi, durumum hiç parlak değildi. Sonra babamı bekleyeceğimizi ve onun neler düşündüğünü öğreneceğimizi söyledi.

Başınız dertteyken, annemin babamın eve gelmesini beklemesinden daha kötü bir şey OLAMAZ! Eskiden dolaba saklanırdım ama son zamanlarda bunu atlatmak için daha iyi bir yol buldum. Şimdi ne zaman başım derde girse, büyükannemi yemeğe davet ediyorum. Çünkü babam, büyükannemin yanında öfkesinden deliremiyor ve bana bir şey yapamıyor.

Yemekte ne yapıp edip büyükannemin yanına oturdum.

Neyse ki annem yemek boyunca karnemden söz et-
medi. Sonra büyükannem tombala oynamaya gide-
ceğini söyleyince, onun eteğine yapıştım.

Büyükannemle tombala oynamaya gitmek isteme-
memin tek nedeni babamdan kaçmak değildi. Aynı
zamanda para kazanmak için bir yol bulmam da ge-
rekiyordu.

Bir hafta boyunca kantindeki otomattan abur cubur almak için para kazanıcam diye büyükannem ve onun tombala arkadaşlarıyla birkaç saat geçirmek bence yeterince iyi bir bedeldi.

Büyükannemle arkadaşları tombala konusunda uzmanlar ve bunu çok ciddiye alıyorlar. Şanslı kartları, numara çekmek için uğurlu torbaları filan var.

Hatta içlerinden biri kendini öyle kaptırmış ki bütün kartları ezberlemiş. Numaralar çekilirken de hepsini aklında tutabiliyor, bu yüzden üzerlerini kapatmak zorunda kalmıyor.

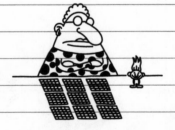

Nedense bu akşam büyükannemle arkadaşlarının şansı pek yaver gitmedi. Ben bütün numaraların üzerini kapattım ve avazım çıktığı kadar "Tombala!" diye bağırdım. Görevli kartımı kontrol etmeye geldi.

Galiba kafam karışmış ve kapatmamam gereken iki sayıyı kapatmışım. Görevli, benim kazanmadığımı söyledi. salondaki herkes oyuna devam edebilecekleri için çok mutluydu.

Büyükannem bir daha tombala yaparsam o kadar bağırıp dikkati iyice üzerime çekmememi söyledi. Çünkü sürekli gelenler, yeni gelen birinin kazanmasından hoşlanmazlarmış.

Büyükannemin beni kandırmaya çalıştığını sandım ama sürekli gelenler gözümü korkutması için yanıma birini gönderdiler. Kadının işini çok iyi yaptığını itiraf etmeliyim.

Cuma
Bugünün hayatımın en güzel günü olduğu söylenemez. Bi kere, fen sınavım çok kötü geçti. Dün akşam o kadar saatimi tombala oynayarak geçirmek yerine ders çalışsam daha iyi olurmuş.

Altıncı derste uyuyakaldım. Üstelik bu defa derin de-rin uyumuşum. Bay Watson beni sarsarak uyandır-mak zorunda kaldı. Ceza olarak da sınıfın en önüne oturttu.

Bana göre hava hoştu çünkü orada en azından huzur içinde uyuyabilirdim.

Keşke biri altıncı dersin sonunda beni uyandırsay-mış. Çünkü bir sonraki ders başlayana kadar uyana-madım.

Bayan Lowry'nin dersiydi. Bayan Lowry bana "tutukluluk" cezası verdi; pazartesi günü dersler bittikten sonra okulda kalacağım.

Bu gece vücudum şekersiz kaldığı için çok gergindim ama gidip marketten gazoz ya da şeker alacak param yoktu. Ben de pek gurur duymadığım bir şey yaptım.

Rowley'lerin evine gittim, ön bahçeye gömdüğümüz zaman kapsülünü çıkardım. Ama bunu çaresizlikten yaptım.

Zaman kapsülünü eve getirdim, açtım ve üç papelimi çıkardım. Markete gidip kendime büyük bir şişe gazoz, bir paket jelibon ve gofret aldım.

Galiba Rowley ile birlikte gömdüğümüz zaman kap-
sülü orada birkaç yüz yıl kalmadığı için kendimi biraz
kötü hissediyorum. Öte yandan kapsülü BİRİMİZİN
açması iyi oldu çünkü içine gerçekten çok güzel şey-
ler koymuşuz.

Pazartesi

"Tutukluluk" meselesinin ne olduğunu pek bilmiyor-
dum ama sınıfa girer girmez ilk düşüncem şu oldu:
"Ben, geleceğin suçlularının olduğu bu yere ait deği-
lim."

Boş olan tek yere, Leon Ricket denen çocuğun önü-
ne oturdum.

Leon okulumuzun en parlak çocuğu değil. Sınıfta pencereye bir eşekarısı konunca ceza almış.

Tutukluluk sırasında yapmanız gereken tek şeyin oturup cezanın bitmesini beklemek olduğunu öğrendim. Kitap okumanıza, ödevinizi yapmanıza izin verilmiyor. HİÇBİR ŞEY yapmanıza izin verilmiyor. Bu çok saçma bir kural çünkü oradaki çocukların çoğu bu süreyi çalışarak geçirebilirlerdi.

Bay Roy gözetmendi ve gözü hemen her zaman bizim üzerimizdeydi. Ama o başını her çevirdiğinde, Leon kulağıma fiske vuruyor ya da olmadık hareketler yapıyordu. Bir süre sonra iyice rahat davranmaya başladı; sonunda Bay Roy onun parmağını benim kulağımda yakaladı.

Bay Roy, Leon'a bir daha bana dokunması halinde başının büyük derde gireceğini söyledi.

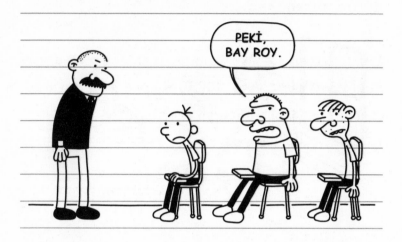

Ama ben Leon'un tekrar benimle uğraşmaya başlayacağından emindim. Buna bir dur demeye karar verdim. Bay Roy arkasını döner dönmez, ellerimi şaplattım ve sanki Leon bana vurmuş gibi yaptım.

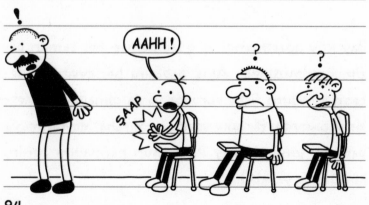

Bay Roy döndü ve Leon'a yarım saat daha sınıfta kalmak zorunda olduğunu, tutukluluğun YARIN da devam edeceğini söyledi.

Eve dönerken, okulda yaptığımın akıllıca olup olmadığını düşünüyordum. Pek hızlı koştuğum söylenemez; yarım saat de arayı kapatamayacak kadar uzun bir süre değil.

Salı

Bu gece, şu sıralar yaşadığım BÜTÜN sıkıntıların ailemden birinin abur cuburları aşırmaya başlamasından kaynaklandığını fark ettim. Bu yüzden hırsızı bir an önce yakalamaya karar verdim.

Annemin hafta sonu markete gittiğini biliyordum, çamaşır odası şimdi yeni gelen abur cuburlarla dolu olmalıydı. Bu da hırsızın her an harekete geçebileceği anlamına geliyordu.

Yemekten sonra çamaşır odasına girdim ve ışığı söndürdüm. Sonra boş bir sepetin içine girip bekledim.

Yarım saat sonra biri içeri girdi ve ışığı açtı. Ben de bir havlunun altına saklandım. Ama gelen annemdi.

O çamaşırları kurutucudan çıkarırken, hiç kımıldamadan bekledim. Annem beni fark etmedi. Çamaşırları alıp benim bulunduğum sepete yığdı.

HAŞ HUŞŞ

Sonra dışarı çıktı. Bense biraz daha bekledim. Gerekirse bütün gece orada beklemeye hazırdım.

Ama kurutucudan çıkan çamaşırlar sıcacıktı. Mayışmaya başlamıştım. Uyuyakalmışım.

ZZZZZ

Kaç saat uyuduğumu bilmiyorum. Ama ambalaj hışırtısıyla uyandığımı BİLİYORUM.

Çiğneme seslerini de duyunca el fenerimi yaktım ve hırsızı suçüstü yakaladım.

Babamdı bu! En başından beri tahmin etmem gerekirdi. Babam tam bir abur cubur BAĞIMLISIDIR.

Babama akıl vermeye başladım ama beni dinlemedi bile. Öğle yemeğimiz olan abur cuburları neden çaldığı konusunda konuşmak istemiyordu. Benim gece yarısı annemin iç çamaşırlarının altına gömülmüş bir halde orada ne aradığımı konuşmak istiyordu.

O sırada annemin merdivenlerden indiğini duyduk.

Galiba babam da ben de durumun ikimiz için de ne kadar kötü göründüğünü fark ettik. Taşıyabileceğimiz kadar gofret kapıp oradan koşarak çıktık.

Çarşamba

Öğle yemeğimiz olan abur cuburları çaldığı için babama hâlâ çok kızgındım. Bu gece onunla yüzleşmeyi planlıyordum. Ama babam akşam altıda yattı. Ben de şansımı kaybettim.

Babam erken yattı, çünkü işten eve döndüğünde yaşanan bir şey yüzünden canı çok sıkkındı. O postalarımızı alırken, sokağımızın üst tarafında oturan komşularımız, Snella'lar yeni doğan bebekleriyle yokuştan aşağı iniyorlarmış.

A, FRANK BURADA!

Bebeğin adı Seth; sanırım iki aylık filan.

Snella'lar, ne zaman çocukları doğsa, altı ay sonra bir "yarı yaş" partisi veriyorlar ve komşularını davet ediyorlar.

Her Snella yarı yaş partisinde, büyükler sıra oluyor ve bebeği güldürmeye çalışıyorlar. Yetişkinler bir sürü abuk subuk şey yapıyor ve kendilerini TAMAMEN aptal durumuna düşürüyorlar.

Şimdiye kadar her Snella'nın yarı yaş partisine gittim. Bebeklerin hiçbiri gülmedi.

Herkes Snella'ların bu yarı yaş partilerini neden verdiğini biliyor. En büyük hayalleri "Amerika'nın En Komik Aileleri"nde 10.000 dolarlık büyük ödülü kazanmak. Bu, golf toplarıyla birbirini vuran ya da buna benzer saçmalıklar yapan ailelerin evde çekilmiş videolarının gösterildiği bir televizyon programı.

Snella'lar da partilerinden birinde çok komik bir şey olmasını ve bunu kaydetmeyi başarmayı umuyorlar. Yıllar içinde ellerine iyi malzemeler de geçti aslında. Sam Snella'nın yarı yaş partisinde, Bay Printer akrobatik hareketler yaparken pantolonunu yırttı. Scott Snella'nın partisinde ise Bay Odom geri geri giderken çocuk havuzuna düştü.

Snella'lar bu videoları televizyona gönderdiler ama hiçbir şey kazanamadılar. Bu yüzden galiba ödül kazanana kadar çocuk yapmaya devam edecekler.

Babam insanların önünde performans sergilemekten nefret eder. Bu yüzden bütün mahallenin önünde şaklabanlık yapmaktan kurtulmak için her şeyi yapmaya razıdır. Şimdiye kadar da Snella'ların yarı yaş partilerinin hepsinden kaçmayı başardı.

Yemekte, annem babama haziran ayında Seth Snella'nın yarı yaş partisine gitmek ZORUNDA olduğunu söyledi. Babamın bu kez kaçışının olmadığını düşündüğünden eminim.

Perşembe
Okulda herkes gelecek haftaki büyük Sevgililer Günü dans partisinden söz ediyor.

Okulda ilk kez bir dans partisi veriliyor, bu yüzden herkes çok heyecanlı. Sınıftaki çocuklardan bazıları kızlara dansa beraber gitmeyi bile teklif etti.

Şimdilik Rowley ve benim eşimiz yok ama bu bizim partiye çok şık bir biçimde gitmemize engel değil.

Rowley ile birlikte önümüzdeki günlerde biraz para ayarlayabilirsek, o gece için bir limuzin kiralayabileceğimizi düşündüm. Ama limuzin şirketini aradığımda, telefona bakan adam bana "Hanfendi" dedi. Böylece beni ciddiye alma olasılığının kalmadığını anlamış oldum.

Dans gelecek hafta olduğuna göre, giyecek bir şeyler ayarlamam gerektiğine karar verdim.

Biraz sıkıntılıyım çünkü Noel'de gelen giysilerin çoğunu mahvettim. Giyecek temiz bir şeyim kalmadı sayılır. İkinci kez giyebileceğim bir şey olup olmadığına bakmak için kirli giysileri karıştırdım.

Çamaşırlarımı iki bölüme ayırdım. Bir, tekrar giyebileceklerim... iki, hijyen konusunda nutuk dinlemek için Hemşire Powell'ın odasına gitmeme yol açacak olanlar.

Bir numaralı yığında çok kötü durumda olmayan bir gömlek buldum. Sadece sol tarafında yapış yapış bi leke vardı. Demek ki dans partisinde Holly Hills'in hep sol tarafımda durmasına dikkat edeceğim.

Sevgililer Günü

Dün gece geç saate kadar oturup sınıftaki herkes için Sevgililer Günü kartları hazırladım. Koca ülkede bizim okuldan başka, çocuklardan birbirlerine kart yazmalarını isteyen başka okul kalmadığına eminim.

Geçen yıl bu kart meselesini dört gözle beklemiştim. Sevgililer Günü'nden önceki gece, o zamanlar hoşlandığım Natasha adındaki kıza nefis bir kart hazırlamak için uğraşıp durmuştum.

| ♡ Sevgili Natasha Senin için kalbimde bir ateş yanıyor

Bu ateş öyle güçlü ki alevleri dünyanın bütün hamamlarını ısıtabilir

Öyle yoğun ki dünyanın her yerindeki kardan adamları eritebilir. | Bırak aşkımın şenlik ateşi seni sarıp ısıtsın.

Sadece senin öpücüğün beni yakıp kavuran bu ateşi söndürebilir.

Sana sevgimizi, arzumu ve hayatımı sunuyorum.
🌹 Greg |

Yazım yanlışlarımı düzeltmesi için kartımı anneme göstermiştim. Ama annem yazdıklarımın "yaşıma uygun" olmadığını söylemişti. Natasha'ya bir kutu şeker ya da onun gibi bir şey almamın daha iyi olabileceğini anlatmıştı. Ama annemden romantik öğütler alacak halim yoktu.

Okulda herkes sınıfın içinde dolaşıp birbirinin masasına Sevgililer Günü kartlarını bırakmıştı. Ben de Natasha'ya kartımı elden vermiştim.

Okumasını ve BENİM için hazırladığı kartı vermesini beklemiştim.

Natasha çantasını karıştırmış ve dükkândan aldığı ucuz kartı çıkarmıştı. Bunu o gün hasta olduğu için işe gelemeyen Chantelle'e almıştı.

Sonra arkadaşının adını karalayıp yerine benim adımı yazmıştı.

Eh, kart alışverişi konusunda BU yıl neden hevesli olmadığımı anlamışsınızdır herhalde.

Dün gece aklıma harika bir fikir geldi. Sınıftaki herkes için bir kart yapmak zorunda olduğumu biliyordum. Ama duygu sömürüsü yapmak ve içimden gelmeyen şeyleri söylemek yerine, herkese onlar hakkında GERÇEKTEN ne düşündüğümü bildirmeye karar verdim.

Numaram şuydu: Kartların hiçbirine imzamı atmadım.

Çocuklardan birkaçı öğretmene kartları şikayet ettiler. Bayan Riser de sınıfta dolaşıp bunları kimin yazdığını bulmaya çalıştı. Bayan Riser'ın kime kart gelmediyse onun suçlu olduğunu düşüneceğini biliyordum ama buna hazırlıklıydım. Kendime de kart yazmıştım!

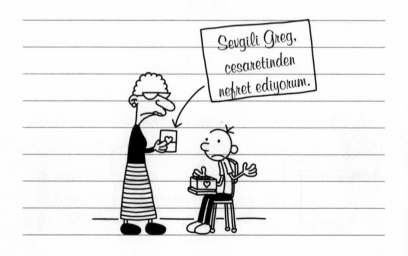

Kart alışverişinden sonra, sıra Sevgililer Günü dansına geldi. Başlangıçta dansın gece olması planlanmıştı ama çocuklara eşlik etmeye gönüllü yeterince veli bulunamadı galiba. Bu yüzden dansı günün ortasına koydular.

Öğretmenler saat bir civarı herkesi toplayıp oditoryuma göndermeye başladılar.

İçeri girmek için iki papele kıyamayan herkes Bay Roy'un odasına gidip ders çalışmak zorundaydı.

Ama birçoğumuz bunun "tutukluluk"tan ... farkının olmadığının farkındaydık.

Oditoryuma gidip banklara oturduk. Neden erkeklerin salonun bir tarafında, kızların diğer tarafında oturduğunu bilmiyorum. Herkes salona girdikten sonra öğretmenler müzik çalmaya başladılar. Ama şarkıları kim seçtiyse, çocukların bugünlerde neler dinlediğinden ZERRE KADAR haberi yokmuş belli ki.

İlk on beş dakika boyunca kimse yerinden kımıldamadı. Sonra rehberlik danışmanımız Bay Phillips ve Hemşire Powell salonun ortasına gelip dans etmeye başladılar.

Ne yazık ki beden eğitimi notları için endişelenen başka çocuklar da benim yaptıklarımı gördüler ve yanıma geldiler. Birden etrafım benim hareketlerimi çalan zibidilerle sarılıverdi.

Onlardan olabildiğince uzaklaşmaya çalıştım. Salonda gidip huzur içinde dans edebileceğim bir yer bulabilmek için etrafıma bakındım.

O sırada salonun karşı tarafında Holly Hills'i gördüm ve birden bu dans partisine gelme zahmetime neden katlandığımı hatırladım.

Holly salonun ortasında arkadaşlarıyla dans ediyordu. Ben de adım-dansıma devam ederek yavaş yavaş onlara doğru ilerledim.

Bütün kızlar kocaman bir çember oluşturmuşlar, profesyoneller gibi dans ediyorlardı. Bütün boş vakitlerini MTV izleyerek geçirirlerse ederler tabii!

Holly grubun tam ortasındaydı. Ben de bir süre çemberin dışında dans ettim, içine girmenin yolunu bulmaya çalıştım ama olmadı.

Sonunda Holly dans etmeyi bıraktı ve içecek almaya gitti. Bu fırsatı değerlendirmeliydim.

Tam kıyak bir şeyler söylemek için onun yanına gidecektim ki Fregley gökten inmiş gibi yanımızda bitiverdi.

Fregley'nin yüzü pespembeydi; açık büfedeki pastaların şekerlemelerine bulamıştı herhalde. Tek bildiğim, Holly ile benim aramda yaşanabilecek muhteşem bir anı mahvettiğiydi.

Birkaç dakika sonra, dans bitti, ben de onun üzerinde iyi bir etki bırakma şansımı kaybettim. Okuldan sonra eve kadar tek başıma yürüdüm çünkü kafamı dinlemeye ihtiyacım vardı.

Yemekten sonra annem posta kutusunda üzerinde benim adımın yazılı olduğu bir Sevgililer Günü kartı bulduğunu söyledi. Ona kimden geldiğini sordum, sadece "Özel biri" dedi. Posta kutusuna koşup kartı aldım. Çok heyecanlandığımı itiraf etmeliyim. Holly'den gelmiş olmasını umuyordum ama sınıfta bana kart göndermesinden rahatsız olmayacağım dört ya da beş kız daha vardı.

Kart büyük, pembe bir zarfın içindeydi. Zarfın üstüne süslü bir şekilde adım yazılmıştı. Zarfı yırtarak açtım ve şunu buldum: Üzerine şeker yapıştırılmış bir saman kâğıt. Rowley göndermişti.

Bazen bu çocuğu hiç anlamıyorum.

Cumartesi

Ertesi gün babam, Manny'nin battaniyesi Böbö'yü kanepede buldu. Ne olduğunu anlamadı galiba, çöpe atmış.

Manny o zamandan beri battaniyeyi bulmak için evin altını üstüne getirdi. Sonunda babam ona battaniyeyi yanlışlıkla çöpe attığını söylemek zorunda kaldı. Manny de dün babamın İç Savaş maketini oyuncak seti olarak kullanarak intikamını aldı.

Manny öfkesini herkesten çıkarıyor gerçi. Bugün kendi kendime uslu uslu kanepede otururken Manny yanıma geldi ve dedi ki:

"Şebeyek" çocuk dilinde kötü anlamı olan bir sözcük müydü bilmiyordum ama bundan hoşlanmamıştım. Bunun ne anlama geldiğini öğrenmek için annemin yanına gittim.

Ne yazık ki annem telefonda konuşuyordu. Arkadaşlarından biriyle çene çalmaya başladı mı saatlerce onun dikkatini çekemezsiniz.

Sonunda bir saniye için konuşmasını kesti. Araya girdiğim için bana çok kızmıştı. Ona Manny'nin bana "şebeyek" dediğini söyledim. Dedi ki:

Bir an afalladım çünkü bu soruyu ben ONA sormuştum. Bir cevabım yoktu; annem de konuşmasına geri döndü.

Manny istediği zaman bana Şebeyek demesi konusunda kendisine yeşil ışık yandığını anladığından beri, bütün gün bunu söylüyor.

Sanırım bunu anneme söylemekle bir yere varamayacağımı tahmin etmeliydim. Rodrick'le ben küçükken birbirimizle öyle çok kavga ederdik ki annem deliye dönerdi. Sorunu çözmek için Boşboğaz Tosbağa denen şeyi icat etmişti.

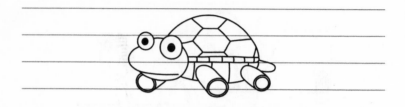

Annem bu Boşboğaz Tosbağa fikrini anaokulunda ders verirken geliştirmişti. Buna göre, Rodrick ile ben birbirimizle sorun yaşadığımızda, bunu anneme değil, Boşboğaz Tosbağa'ya söyleyecektik. Boşboğaz Tosbağa, Rodrick'in çok işine yarıyordu ama kendim için aynı şeyi söyleyemem.

"BOŞBOĞAZ TOSBAĞA, RODRİCK FİL KUMBARAMDAKİ BÜTÜN PARAMI AŞIRMIŞ!"

Paskalya

Bugün arabayla kiliseye giderken, arabanın arka koltuğunda yapış yapış bir şeyin üzerinde oturduğumu hissettim. Pantolonumun arkasına baktığımda, her tarafına çikolata bulaştığını gördüm.

Manny Paskalya tavşanını yanında getirmişti. Onun kulağının filan üzerine oturdum galiba.

Annem, oturacak güzel yer bulabilmek için bütün aileyi içeri sokmaya çalışıyordu. Ama benim o halde içeri girmem MÜMKÜN değildi.

Holly Hills ve ailesinin de büyük ihtimalle orada olacağını biliyordum. Onun altıma yapıp yapmadığımı merak etmesini hiç istemezdim tabi.

Annem, Paskalya günü kiliseden asla kaçamayacağımı söyledi. Biraz tartıştık. Sonra Rodrick ortaya bir ÇÖZÜM önerisi attı.

Rodrick, Paskalya günü kilisede ayinin neredeyse iki saat sürdüğünü biliyor. Bundan kurtulmaya çalışıyordu. Ama tam o sırada babamın patronu ve ailesi geldi. Otoparkta yanımıza park ettiler.

Annem Rodrick'e pantolonunu geri giydirdi; sonra da belime sarmam için bana kazağını verdi.

Hangisi daha kötüydü bilmiyorum: her tarafına çikolata bulaşmış pantolon giymek mi yoksa belimde annemin İskoç eteği gibi duran pembe kazağıyla dolaşmak mı?

Kilise tıklım tıklımdı. Sadece Joe Amca ile ailesinin oturduğu ön tarafta boş koltuk kalmıştı. Biz de onların yanına oturduk.

Etrafıma bakındım ve üç sıra arkada Holly Hills ile ailesini gördüm. Holly'nin oturduğum yerden belimden aşağısını görmediğinden emindim. Bu yüzden rahatladım.

Müzik başlar başlamaz, Joe Amca el ele tutuşmak için bir elini bana, bir elini karısına uzattı ve şarkı söylemeye koyuldu.

İki kez ondan kurtulmaya çalıştım ama Joe Amca elimi sımsıkı kavramıştı. Şarkı bir dakika kadar sürdü ama bana yarım saat gibi geldi.

Şarkı bittikten sonra, arkamızdaki insanlara döndüm ve Joe Amca'yı göstererek herkesin bildiği "terelelli" işaretini yaptım. Böylece herkes el ele tutuşma fikrinin benden çıkmadığını anladı.

Kilisenin ortasında bir yerde, herkesin muhtaç insanlara verilmek üzere para atması için bir sepet dolaştırmaya başladılar.

Benim hiç param yoktu; fısıldayarak anneme bana bir dolar verip veremeyeceğini sordum. Sepet bana geldiğinde, çok havalı bir şekilde sepete bir doları attım. Holly'nin benim ne kadar cömert olduğumu görmesini istiyordum.

Ama sepete parayı attığımda, annemin bana bir dolar değil, YİRMİ dolar verdiğini fark ettim. Sepeti yakalayıp parayı değiştirmek istedim ama iş işten geçmişti.

Ne diyim? Belki bu yardımım yüzünden Cennet'te haneme artı puan yazılır.

İnsanın yaptığı iyilikleri kendine saklaması gerektiğini duymuştum. Ama bu BANA pek mantıklı gelmiyor.

Eğer iyiliklerimi kendime saklamaya başlarsam, daha sonra bundan pişman olacağımdan eminim.

Daha önce söylediğim gibi, Paskalya ayini çok uzun sürdü. Şarkılardan her biri nerdeyse beş dakika sürüyordu. Ben de kendimi eğlendirmek için yollar aramaya başladım.

Rodrick, canı sıkıldığında elinin arkasındaki, asla iyileşmeyen yarasının kabuğunu soyuyor. Ben bunu yapmak istemedim.

Manny'nin keyfi tıkırındaydı. Annemle babam onun oyalanması için bir sürü eşyasını yanımızda getirmişlerdi. İnanın bana, ben onun yaşındayken kiliseye hiçbir şey getirmeme izin vermiyorlardı.

Ama annemle babam Manny'yi sürekli şımartıyorlar. Size ne demek istediğimi bir örnekle açıklamalıyım. Geçen hafta Manny kreşteyken, beslenme sepetini açmış ve sandviçinin onun sevdiği gibi ÇEYREKLERE değil, ikiye bölündüğünü görmüş.

Sinir krizi geçirmiş. Öğretmenleri annemi çağırmak zorunda kalmışlar. Annem de yarımları ikiye bölmek için işinden çıkıp Manny'nin okuluna gitmek zorunda kalmış.

İşte kilisede bunu düşünürken birden aklıma bir fikir geldi. Manny'ye doğru eğilip fısıldadım...

Manny kendini kaybetti.

ULUMAYA başladı; kilisedeki herkes dönüp bize baktı. Rahip bile neler olup bittiğini anlamak için konuşmayı kesti.

Annem, Manny'yi susturamıyordu. Bu yüzden kiliseden çıkmak zorunda kaldık. Ama yan kapıdan çıkmak yerine, tam ortadaki koridordan yürüdük.

Hills ailesinin yanından geçerken, olabildiğince havalı görünmeye çalıştım. Ama bu koşullar altında çok zorlandım tabii.

Benden daha çok utanan tek kişi babamdı. Yüzünü kilise bülteninin arkasına saklamaya çalıştı ama patronu onu fark etti ve babam çıkarken ona zafer işareti yaptı.

Çarşamba

Geçen gün yaşanan tantanadan sonra, evde ortam çok gergindi. Bir kere, annem Manny'ye "Şebeyek" dediğim için bana çok kızgındı. Ben de ona Manny söylediğinde bunu sorun etmediğini hatırlattım. Annem de bu sözcüğü herkese yasakladı ve kullanan kişinin bir haftalık ceza alacağını söyledi. Ama Rodrick'in bir açık bulması uzun sürmedi tabi.

Bu, annemin evde bazı sözcükleri kullanmamızı ilk yasaklayışı değil. Bir süre önce de "küfür yok" kuralını koymuştu, çünkü sağdan soldan yeni sözcükler duyuyordu.

Kim Manny'nin yanında kötü bir sözcük sarf ederse, "Küfür Kavanozu"na bir dolar atıyordu. Böylece Manny, Rodrick ve benim sayemde zengin olmaya başlamıştı.

Sonra annem "aptal" "salak" gibi sözcükleri de kullanmayı yasaklayarak işi iyice abarttı.

Rodrick'le birlikte, iflas etmemek için, yasaklı sözcüklerle aynı anlama gelen bir dizi şifreli sözcük uydurduk. O zamandan beri onları kullanıyoruz.

Bazen, okulda da aynı sözcükleri kullanmaya kalkıyorum ve çok garip görünüyorum. Bugün David Nester ağzındaki sakızı tükürdü ve sakız saçıma yapıştı. Ağzıma geleni söyledim ama David'in canını pek sıktığımı sanmıyorum.

Paskalya'dan beri değişen bir başka şey ise, babamın Rodrick ve benim üzerimize düşmeye başlaması. Galiba patronu Bay Warren'ın karşısında kötü görünmemizden sıkıldı.

Babam Rodrick'i askeri okul hazırlık kurslarına kaydettirdi. Beni de futbol okuluna yazdırdı.

Futbol seçmeleri bu geceydi. Antrenörler bütün çocukları "yetenek testi" için sıralara dizdiler. Konilerin arasından top sürmeniz filan gerekiyordu.

Ben elimden geleni yaptım ama "pre-alfa eksi" aldım. Eminim bunlar yetişkin dilinde "Rezalet" anlamına gelen sözcüklerdir.

123

Yetenek testlerinden sonra, bizi farklı takımlara ayırdılar. Ben sporu çok fazla ciddiye almayan eğlenceli koçlardan birine denk gelmeyi umuyordum; Bay Proctor ya da Bay Gibb gibi. Ama en kötüsüne, yani Bay Litch'e denk geldim.

Bay Litch durmadan bağırmaya bayılan biri. Eskiden Rodrick'in koçuymuş; Rodrick'in artık spor yapmamasının nedeni bu olsa gerek.

Neyse, ilk gerçek antrenmanımız yarın. Umarım takıma alınmam da bilgisayar oyunlarıma geri dönebilirim. En sevdiğim oyunun yeni versiyonu yakında çıkacakmış ve şahaneymiş!

Perşembe

Doğru dürüst tanımadığım çocuklarla aynı takıma koydular beni. Bay Litch'in yaptığı ilk şey üniformalarımızı dağıtmak oldu. Sonra da bir takım adı bulmamızı istedi.

En sevdiğim bilgisayar oyunundan etkilenerek takımımızın adının "Büyücüler" olmasını önerdim. Hem belki oyunu piyasaya süren şirket de bize sponsor olurdu.

Ama kimse fikrimi beğenmedi. Çocuklardan biri takıma "Red Sox" adını vermemiz gerektiğini söyledi. Bence bu berbat bir fikirdi. Red Sox bir beysbol takımının adı zaten. Neden onları taklit edelim ki!

Ama herkes bu fikre BAYILDI! Kazanan isim de bu oldu. Ama sonra yardımcı antrenör Bay Bone, Red Sox adını kullanmamız durumunda mahkemeye verilebileceğimizden endişelendiğini söyledi.

Bence o adamların ortaokul takımlarını mahkemeye vermekten daha iyi işleri vardır ama daha önce de söylediğim gibi, kimse BENİM fikirlerimi dinlemek istemiyordu.

Oylama yapıldı ve takımın adının son harflerinin değiştirilip RED SOCKS yapılmasına karar verildi. Böylece "Kırmızı Çoraplar" anlamına gelen bir adımız oldu. Oysa üniformalarımız mavi!

Sonra antrenmana başladık. Bay Litch ve Bay Bone bize koşu ve bacak kaldırma çalışmaları ile futbolla hiçbir ilgisi olmayan daha bir sürü şey yaptırdılar. Her turda, pre-alfa eksi alan diğer iki çocukla birlikte su içmek için duruyorduk. Bay Litch bizim durakladığımızı görür görmez bağırıyordu:

Diğer çocuklarla birlikte, Bay Litch bir dahaki sefere bunu söylediğinde, arkamızı ona dönüp popolarımızı havaya dikmemizin ne kadar komik olacağını düşündük.

Bay Litch bir dahaki sefer bunu söylediğinde, ben kararlaştırdığımız şeyi yaptım. Ama diğer çocuklar beni YALNIZ bıraktılar.

Bay Litch de espriden filan anlamıyor. Hiç mizah duygusu yok. Bana üç tur daha koşturdu.

Antrenmanın sonunda babam gelip beni aldığında, ona bu futbol meselesinin belki de pek iyi bir fikir olmadığını ve belki de bırakmama izin vermesi gerektiğini söyledim.

Babam bunu duyunca çok kızdı. Dedi ki:

Bu pek doğru sayılmaz. Çünkü ben her şeyi yarım bırakabiliyorum. Rodrick de maymun iştahlının teki. Sanırım Manny'nin de şimdiden üçüncü ya da dördüncü yuvası.

Neyse, içimden bir ses futbolu bırakmam halinde yeni bir açılım düşünmem gerektiğini söyledi.

Cuma
Futbol oynamaya başladığımdan beri, giysilerimi eskisinden iki kat hızlı kirletiyorum. Giyecek hiç temiz giysim kalmadı; ben de kirli çamaşır yığınından çıkardıklarımı giymeye başladım. Ancak bugün kirli çamaşır yığınındaki giysilere geri dönüşüm uygulamanın riskli olabileceğini fark ettim.

Bugün koridorda yanımda kızlarla yürürken, panto-
lonumun paçalarından birinden kirli bir iç çamaşırı
düştü. Hiçbir şey olmamış gibi yürümeye devam et-
tim; kızların çamaşırın bana ait olmadığını düşün-
mesini umdum.

Ama bu KARARIN bedelini o gün ilerleyen saatlerde
ödedim.

Sanırım bir an önce çamaşır yıkamayı öğrensem iyi olacak. Çünkü seçeneklerim giderek azalıyor. Yarın Gary Amca'nın ilk düğününden kalma bir tişört giymek zorundayım ve buna bayıldığımı söyleyemem.

Bugün okuldan eve dönerken moralim çok bozuktu ama sonra bunu değiştirecek bir şey oldu. Rowley karateden bazı arkadaşlarının bu hafta sonu pijama partisi vereceğini söyledi ve benim de gitmek isteyip istemediğimi sordu.

Tam "Olmaz" diyecektim ki, Rowley ilgimi çekecek bir şey söyledi. Partiyi veren çocuk Peasant Sokağı'nda, yani Holly Hills ile aynı mahallede oturuyormuş.

Bugün öğle tatilinde, iki kızın HOLLY'nin de cumartesi gecesi pijama partisi verdiğini konuştuklarını duydum. Bu benim için HAYATIMIN FIRSATI olabilir.

Bu gece futbol antrenmanında, Bay Litch hepimize cumartesi gecesi yapacağımız ilk maçta hangi mevkilerde oynayacağımızı söyledi.

Bay Litch bana da "top toplayıcı" olacağımı söyledi. Bu bana çok havalı geldi. Eve gider gitmez Rodrick'in karşısına geçip böbürlene böbürlene bu haberi verdim.

Rodrdick'in etkileneceğini düşünmüştüm ama o bir kahkaha patlattı. Bana Top toplayıcılığın saha içinde bir mevki olmadığını söyledi. Meğer top sahanın dışına çıktığında koşup yakalayan çocuklara top toplayıcı deniyormuş. Sonra bana içinde bütün mevkilerin anlatıldığı bir futbol kuralları kitabı gösterdi. İçinde "top toplayıcı" yoktu.

Rodrick hep böyle moralimi bozar zaten. En iyisi hafta sonuna kadar bekleyip onun doğruyu söyleyip söylemediğini anlamak.

Pazar
Unutursam hatırlatın; bir daha asla Rowley ile birlikte pijama partisine gitmicem.

Dün öğleden sonra, annem Rowley ile beni, Rowley'nin arkadaşının evine bıraktı. Ne biçim bir gece olacağına dair ilk ipucunu eve girer girmez aldım. İçeride yaşı altıdan büyük çocuk yoktu.

İKİNCİ ipucu da herkesin üzerinde karate kıyafetlerinin olmasıydı.

Bu partiye gitmemin tek nedeni, gece bir ara hep birlikte dışarı sıvışıp Holly'nin partisini basabileceğimizi düşünmemdi. Ama Rowley'nin arkadaşları kızlarla değil, "Susam Sokağı" ile ilgileniyorlardı.

Bütün çocuklar Kızma Birader filan gibi sıkıcı oyunlar oynamak istiyorlardı. Bense Holly Hills ile Şişe Çevirmece oynamak varken, geceyi birinci sınıf çocuklarının arasında onların gönlünü eğlendirerek geçiriyordum.

Rowley'nin arkadaşları Körebe gibi başka oyunlar da oynadılar.

Sonunda biri Uzun Eşek oynamayı önerince, ben yukarı çıkmak için izin istedim.

Gelip beni alması için annemi aramaya çalıştım ama babamla birlikte dışarı çıkmışlardı. Gece boyunca bu çocuğun evine hapsolacağımı anladım.

Saat dokuz buçuk civarında, uyumaya ve böylece geceyi atlatmaya karar verdim. Ama çocuklar yattığım odaya girdiler ve müthiş bir yastık savaşı başlattılar. Her beş saniyede bir, küçük, terli bir çocuk üzerinize düşerken uyumak hiç kolay olmuyor!

Sonunda çocuğun annesi yukarı çıktı ve uyku vaktinin geldiğini söyledi.

Işıklar söndükten sonra, Rowley ve arkadaşları otur-maya, konuşmaya ve kıkırdamaya devam ettiler. Be-nim uykuya daldığımı düşünmüş olmalılar; çünkü bir ara elini-sıcak-suya-batırma numarasını üzerimde denemeye kalktılar.

Bu kadarı yeterdi! Bodrumda uyumak için aşağı in-dim. Hem de zifiri karanlık olmasına karşın. Işığı bu-lamadım. Uyku tulumumu üst katta bırakmıştım ama hata etmişim; çünkü bodrum BUZZZ gibiydi.

Ama tekrar yukarı çıkıp eşyalarımı almak istemiyor-dum. Yerde iki büklüm kıvrıldım ve vücut sıcaklığımı olabildiğince idareli kullanmaya çalıştım.

Herhalde hayatımın en uzun gecesiydi.

ZANGIR
ZANGIR

Bu sabah güneş doğduğunda, bodrumun bu kadar soğuk olmasının nedenini anladım. Sürgülü cam kapının yanında uyuyordum ve gerzeğin teki buradan çıkıp kapıyı bütün gece açık bırakmıştı.

Bu çok gıcıktı çünkü bütün gece kaçma fırsatım olduğu halde bu fırsatı değerlendirememiştim.

Sabah eve vardığımda hemen yattım ve babam futbol antrenmanına gitme vaktinin geldiğini söylemek için beni uyandırana kadar uyudum.

Galiba Rodrick top toplayıcılık konusunda haklıymış. Bütün maçı dışarı kaçan topları geri getirerek geçirdim. Hiç de eğlenceli değildi!

Maçı bizim takım kazandı. Maçtan sonra kutlamaya gidilecekti. Babam kendisi gelemeyeceği için, Bay Litch'e daha sonra arabayla beni eve bırakıp bırakamayacağını sordu.

Keşke önce benim fikrimi sorsaydı. Çünkü onunla eve gitmeyi tercih ederdim.

Ama bütün gün çalıların arasında debelendiğim için açlıktan ölüyordum. Bu yüzden takımla gitmeye razı oldum.

Bir fast-food restoranına gittik. Yirmi tane tavuk parçası ısmarladım. Sonra tuvalete gittim, döndüğümde yemeğimin yerinde yeller esiyordu. Ama sonra Erick Bickford kocaman terli ellerindeki tavuk parçalarımı masaya attı.

Takım oyunlarını neden sevmediğimi merak ediyorsanız, işte size nedenlerinden biri.

Yemek bittikten sonra, Kenny Keith, Erick ve ben Bay Litch'in arabasına bindik. Kenny arkada Erick ile birlikte oturdu. Ben de ön koltuğa geçtim.

Uzun süre beklemek zorunda kaldık çünkü Bay Litch arabaya yaslanmış, Bay Boone ile çene çalıyordu. Bir süre oturduktan sonra, Kenny arka koltuktan uzandı ve kornayı üç saniye kadar çaldı.

Sonra Kenny hemen sıçrayıp yerine oturdu. Bay Litch dönüp bakınca, kornayı çalanın ben olduğumu sandı.

Bana ters ters baktı; sonra yeniden dönüp asistanıyla yarım saat daha konuştu.

Eve dönerken, Bay Litch işlerini halletmek için beş kez durdu. Hiçbirini yaparken de acele etmedi.

Ya şuna ne dersiniz? Kenny ve Erick geç kaldığımız için BANA kızdılar. Nelerle uğraştığımı anlayın artık!

Bay Litch beni en son bıraktı. Yokuşu çıkarken, Snella'ların bahçede olduğunu gördüm. "Amerika'nın En Komik Aileleri"ne göndermek için klip çekiyor gibi görünüyorlardı.

Seth'in yarı yaş partisine kadar, birkaç ay daha beklemek istemiyorlar galiba.

Perşembe

Bugün 1 Nisan'dı ve günüm şöyle başladı:

Yılın diğer günlerinde Rodrick'i saat sekizden önce yataktan kaldırmak için vinç gerekir. Ama 1 Nisan günü, hınzırlık yapabilmek için erkenden kalkıyor.

Birinin Rodrick'e "şaka"nın ne olduğunu ciddi ciddi açıklaması gerek. Çünkü onun bütün "şakaları" yaralanıp sakatlanmama neden oluyor.

Geçen yıl Rodrick, ayakta dururken ayakkabılarımı bağlayacağıma dair elli sentine bahse girmişti benimle. Ben de ÜZERİNE ATLAMIŞTIM tabii.

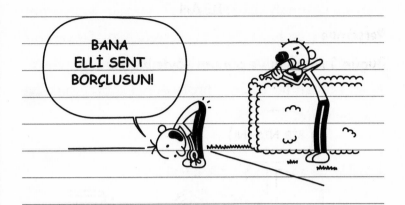

Sonra içeri girip babama, Rodrick'in beni paintball silahıyla popomdan vurduğunu söyledim. Babam kavgaya karışmak istemiyordu; Rodrick'e iddiayı kazandığım için bana elli sent vermesini söyledi.

Rodrick cebinden iki bozuk para çıkarıp yere attı. Ama ben akıllanmamıştım, paraları almak için yere eğildim.

Ben en azından daha düşünceli şakalar yapıyorum. Rowley'ye de harika bir oyun oynadım. Sinemanın tuvaletindeydik. Ona pisuarlardan birinin önünde dikilen sıradan bir adamın profesyonel sporcu olduğunu söyledim.

Rowley de adamdan imza istedi.

Bugün de iki arkadaş ve ben, Chirag Gupta'ya oyun oynadık.

Onun duyma yetisini kaybettiğini düşünmesinin çok komik olacağına karar verdik. Hepimiz onun yanında çok alçak sesle konuşmak üzere anlaştık.

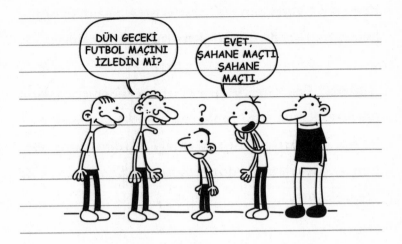

Chirag olup bitenleri çabuk anladı ve şaka iyice çığı-
rından çıkmadan önce öğretmene gidip bizi şikayet
etti. Geçen yılki Görünmez Chirag şakasının bir tek-
rarını istemiyordu galiba.

Cuma

Bu gece ikinci maçımız vardı. Büyüklerden biri top
toplama konusunda gönüllü oldu; bu yüzden bütün
maç boyunca bankta oturmak zorunda kaldım.

Dışarısı GERÇEKTEN çok soğuktu. Babama arabadan
montumu alıp alamayacağımı sordum. Hayır dedi.

Koç beni oyuna almaya karar verirse, hazırlıklı olma-
lıymışım. Ben de onu dinlemek zorunda kaldım.

Babama, Bay Litch'in ancak arada diğer çocukların
portakal kabuklarını toplamak için sahaya ayak bas-
mama izin vereceğini söylemeyi istedim. Ama sus-
tum ve bacaklarımın donmasını engellemek üzerinde
yoğunlaştım.

Bay Litch ne zaman birini oyundan çıkarsa, babam
takıma gidip takıma girmem için beni banktan kal-
dırıyordu. Televizyonda maç izlerken, antrenörün
oyun planının üzerinden geçmesi sırasında yedek
kulübesinde bekleyenlerin neler düşündüklerini me-
rak ettiniz mi hiç?

Ben size söyliyim.

Güneş batınca, hava iyice soğudu. O kadar soğu-du ki Mackey Creavey ve Manuel Gonzales gidip Creavey'lerin arabasındaki UYKU TULUMLARINI aldılar.

Ama babam hâlâ montumu almama izin vermiyor-du.

Oyun bir kez daha durakladığında, antrenörün gözü Mackey ve Manuel'e takıldı. Onlara kendilerine izin verdiğini, maçın geri kalanı boyunca Creavey'lerin arabasında oturabileceklerini söyledi.

Böylece Mackey ve Manuel gidip sıcacık arabada oturdular. Bense şortumla metal bankın üzerinde oturmak zorunda kaldım. Creavey'lerin arabasında televizyon olduğunu biliyordum. O ikisinin keyfinin tıkırında olduğundan emindim.

<u>Pazartesi</u>

Şu çamaşır işine başlamak ZORUNDAYIM. Üç gündür temiz iç çamaşırım yok. Ben de külot yerine mayomu giyiyorum.

Bugün beden eğitimi dersimiz vardı. Üzerimizi değiştirip eşofmanlarımızı giydik. Üzerimde mayomun olduğunu unutmuşum.

Ama daha kötüsü de olabilirdi. Evde paketinden bile çıkarılmamış, üzerinde kız çizgi filmlerinin kahramanlarının resimleri olan iç çamaşırları bulmuştum. Sabah az kalsın temiz oldukları için onlardan birini giyecektim.

İnanın bana, o iç çamaşırlarını ben istemedim. Geçen yaz akrabalarımızdan bazıları anneme doğum günümde ne istediğimi sormuşlar. Annem de karikatürlere ve süper kahramanlara bayıldığımı söylemiş.

Bu iç çamaşırları, Charlie Amca'nın hediyesiydi.

Okuldan sonra yine futbol maçımız vardı. Ama son zamanlarda hava ısındığından, soğuk yüzünden endişelenmiyordum.

Okulda Mackey, Manuel ve ben bu gece mini bilgisayar oyunlarımızı yanımıza almak konusunda anlaştık. Bu yüzden ilk kez maç sırasında eğlendik.

Ancak bu uzun sürmedi. Maçın başlamasından yirmi dakika sonra, Bay Litch üçümüze banklardan kalkmamızı ve sahaya girmemizi söyledi.

Anlaşılan, velilerden biri çocuğunun hiç oynamadığından yakınmış. Bunun üzerine her çocuğun her maçta oynaması kuralı konmuş.

Hiçbirimiz maçla ilgilenmiyorduk. Bu yüzden sahaya çıkınca ne yapacağımızı ya da nerede duracağımızı bilemedik.

Takımdaki çocuklardan ikisi, diğer takımın "serbest vuruş" kullanacağını söyledi. Bizim de omuz omuza durmamız ve topu engellemek için baraj oluşturmamız gerekiyordu.

Çocukların şaka yaptığını sandım ama yapmıyorlarmış. Manuel, Mackey ve ben kalenin önüne dizilmek zorunda kaldık. Sonra hakem düdüğünü çaldı ve diğer takımdaki çocuklardan biri topa koşup üzerimize doğru bir atış yaptı.

DÜÜÜTTT!

Topu engellemeyi beceremedik, diğer takım gol attı.

Bay Litch ilk fırsatta bizi oyundan çıkardı ve doğru dürüst durup topu engelleyemediğimiz için bir güzel azarladı.

Ama size bir şey diyim mi? Azar işitmekle topu suratıma yemek arasında bir seçim yapmak zorunda kalsaydım bir an bile düşünmezdim.

Perşembe

Geçen haftaki maçtan sonra, Bay Litch'e takımın yedek kalecisi olup olamayacağımı sordum. Olabileceğimi söyledi.

Bu benim için iki nedenle dahice bir fikirdi. Birincisi, kaleciler antrenman sırasında diğerleri kadar koşmak ve egzersizlerin bir kısmını yapmak zorunda kalmıyorlar. Sadece yardımcı koçla birlikte bireysel kaleci çalışmaları yapıyorlar.

İkincisi, kaleciler diğer takım oyuncularından farklı formalar giyiyorlar. Ve bu, Bay Litch'in serbest vuruşları önlemek gerektiğinde beni oyuna alamayacağı anlamına geliyor.

Asıl kalecimiz, Tucker Fox, takımın yıldızı. Bu yüzden ben onun yerine oynamamın mümkün olmayacağını biliyorum. Son birkaç maç çok eğlenceli geçti. Ama bu gece, kötü bir şey oldu. Tucker bir topa atlarken elini incitti ve oyundan çıkmak zorunda kaldı. Bu da koçun beni oyuna alacağı anlamına geliyordu.

Babam, sonunda maçta gerçekten oynayacağım için çok heyecanlanmıştı. Kenardan bana talimatlar vermek için, sahanın benim bulunduğum tarafına geldi. Gerçi buna ihtiyacım yoktu. Bizim takım maçın geri kalanı boyunca topu sahanın diğer yarısında tuttu. Benim elim topa BİR KERE bile değmedi.

DİZLERİNİ BÜKMEYİ UNUTMA, GREG!

Babamın derdinin ne olduğunu biliyorum ama.

Eskiden top oynarken oyuna konsantre olmakta zorlanırdım. Bu gece babam sahada dikkatimin dağılmadığından emin olmak istiyordu.

İtiraf etmeliyim, babamın bu gece benimle ilgilenmesi iyi oldu.

Sahanın benim bulunduğum tarafında belki bir MİLYON karahindiba vardı ve aklım çelinmeye başlamıştı.

<u>Pazartesi</u>

Dün bir futbol maçımız daha vardı ve neyse ki babam yoktu. Sezonda ilk yenilgimizi tattık: 1-0. Nasıl olduysa, karşı takım son birkaç saniye içinde topu yanımdan geçirdi ve maçı kazandılar. Bu da rekor hayallerimizin altüst olmasına yol açtı.

Maçtan sonra takımdaki herkesin suratı sirke satıyordu. Onları neşelendirmeye çalıştım.

Takım arkadaşlarım bu olumlu tutumuma beni portakal kabuğu yağmuruna tutarak teşekkür ettiler.

Eve döndüğümde, babama maçtan söz ederken gergindim.

Biraz hayal kırıklığına uğramış göründü sanki ama çabuk atlattı.

Ama bu gece, babam akşam yemeğinden sonra eve geldiğinde çok sinirli görünüyordu. Elindeki gazeteyi mutfak masasına, önüme fırlattı. Spor sayfası açıktı.

Babama gazeteyi patronu vermişti mutlaka.

Tamam, babama maçın bütün ayrıntılarını açıklama-mış olabilirim.

Ama ben de gazetede kendi hakkımda yazılanları okuyuncaya kadar, neler olup bittiğinin pek farkında değildim galiba.

Babam bütün gece benimle hiç konuşmadı. Eğer bana hâlâ kızgınsa, umarım bunu çabuk atlatır. Dört gözle beklediğim oyunun yeni versiyonu bugün çıktı. Ben de oyunu alabilmek için babama güveniyorum, onun bana para vermesi gerek.

Cuma

Bu gece yemekten sonra babam, Rodrick'le beni sinemaya götürdü. Bunu bize iyilik olsun diye yapmadı. Kendisinin de evden çıkmaya ihtiyacı vardı.

Size annemin birkaç hafta gün önce spor yapmaya merak saldığını söylemiştim, hatırlıyor musunuz? İlk dersten sonra vazgeçti. Babam, spor salonuna gittiği ilk gün annemin spor kıyafetleri içinde resmini çekmiş. Bu gece resimler postadan çıktı.

Fotoğrafçı, iki baskı birden veriyor. Babam da şaka olsun diye, annemin iki resminin üzerine yazılar yazmış ve bunları buzdolabının üzerine yapıştırmış.

Babam bunu akıl ettiği için kendiyle gurur duyuyordu ama annem pek eğlenmemiş gibiydi.

Bu yüzden, babam bu gece annemle arasına biraz mesafe koymasının iyi olacağına karar verdi galiba.

Alışveriş merkezinin içinde açılan yeni sinemaya gittik. Biletlerimizi aldıktan sonra içeri girdik ve biletleri benden biraz daha büyük bir çocuk olan, kısacık saçlı biletçiye verdik. Ben çocuğu başta tanıyamadım ama babam hemen tanımıştı.

Çocuğun yaka kartındaki ismi okudum ve gözlerime inanamadım. LENWOOD HEATH. Eskiden bizim sokakta oturan kötü çocuktu bu. Onu en son gördüğümde uzun saçları vardı ve birilerinin çöplerini yakıyordu. Ama şimdi burada Havacılık Okulu'ndan ya da öyle bir yerden mezun olmuş gibi görünüyordu.

Babam, Lenwood'un yeni görünümünden ÇOK etkilenmiş gibiydi. İkisi koyu bir sohbete daldılar.

Lenwood askeri okula başladığını ve tatilde sinemada çalıştığını söyledi. Yüksekokula devam etmek istediğinden, yüksek notlar alabilmek için notlarını yüksek tutmaya çalıştığını anlattı.

Babam birden Lenwood'a en yakın arkadaşıymış gibi davranmaya başlamıştı.

İkisinin geçmişini düşününce, bu çok garip bir durumdu!

ÖNCE   SONRA

Babam, Lenwood ile çene çalmaya devam etti. Rodrick ile ben de patlamış mısırlarımızı alıp içeri girdik. Ancak filmin yarısına geldiğimizde, olup bitenleri kavradım!

Babam askeri okulun Lenwood Heath gibi azılı bir genci adam ettiğini görmüştü; BENİM gibi bir saftiriği de adam edeceğini düşünmesi işten bile değildi.

Babamın böyle şeyler düşünmemesi için dua ediyorum. Şu anda çok endişeliyim çünkü bu gece filmden sonra babam çok keyifliydi. UZUN SÜREDİR onu böyle görmemiştim.

Pazartesi

Korktuğum başıma geldi. Babam bütün hafta sonunu askeri okul hakkında yazılar okuyarak geçirdi ve bu gece beni okulun kampına kaydettireceğini söyledi.

En kötü tarafı da şu: "Başvurular" 7 Haziran'da yapılacakmış. O zaman ben yaz tatilinde olacağım.

Babam bunun benim için harika bir fırsat olacağı konusunda beni ikna etmeye çalıştı. Askeri kamp beni şekle şemale sokacakmış. Ama ben kendim için bunu planlamıyordum.

Babama oraya bir gün bile dayanamayacağımı söyledim. Bir kere, benim yaşımdaki çocuklarla daha büyük çocukları karıştırıyorlar. Bu iyi bir şey değil.

Büyüklerin daha ilk günden itibaren canıma okumaya başlayacağından eminim.

Ama ben daha çok banyo durumuyla ilgileniyorum. Eminim askeri kampta açık duşlar vardır; bu da hiç bana göre değil.

Ben banyo söz konusu olduğunda, özel alan istiyorum. Acil durum olmadığı sürece okuldaki tuvaleti bile kullanmıyorum.

Okuldaki birkaç sınıfın kendi tuvaleti var. Onları bile kullanamıyorum çünkü çıkardığınız her ses bütün sınıfa yayılıyor.

Bunun dışında tek seçenek, kantin tuvaletini kullanmak; orası da tam bir curcuna. Birkaç hafta önce biri sağa sola ıslak tuvalet kâğıdı atma fikrini geliştirdi. O zamandan beri ortalık savaş alanı gibi.

Böyle bir ortamda konsantre olamıyorum, ben de tuvaletimi eve gidene kadar tutmak zorunda kalıyorum.

İki gün önce, durumu değiştiren bir şey oldu. İdare, tuvalete yeni hava temizleyiciler koydu.

Ben de bu hava temizleyicilerin aslında ıslak tuvalet kâğıtlarını kimin attığını görmek için yerleştirilmiş gözlü güvenlik kameraları olduğu söylentisini yaydım.

Sanırım bunu doğru kişilere söylemişim; çünkü o andan sonra kantin tuvaleti kütüphaneden daha sessiz hale geldi.

Tuvalet problemini okulda çözmüş olabilirim ama askeri kampta aynı numaranın işleyeceğini sanmıyorum. Tuvaletimi bütün yaz tutabileceğimden de CİDDİ ANLAMDA şüpheliyim.

Babamı fikrini değiştirmesi konusunda ikna edemeyeceğimi biliyordum. Ben de anneme gittim. Ona insanı kafasını tıraş etmeye, her gün sabahın beşinde sınav çekmeye zorladıkları bir yere gitmek istemediğimi söyledim. Umarım benimle aynı fikirde olur ve babamla mantıklı bir konuşma yapar.

Ama görünüşe göre annemin bana pek faydası olmayacak.

Çarşamba

Babama benim aklımın başımda olduğunu, askeri kampa gitmeme gerek olmadığını göstermek için bir an önce bir şeyler yapmam gerektiğini biliyordum. Ona izci kampına katılmak istediğimi söyledim.

Bu fikir babamı çok heveslendirdi. Ben de rahatladım.

Babamdan kurtulmanın bir yolunu bulmanın yanı sıra, izci kampına gitmeyi iki nedenle daha istiyordum. Birincisi, izci toplantıları pazar günleri yapılıyor, böylece futboldan kaçabilirim.

İkincisi, okuldaki diğer çocuklardan saygı görmemin vakti geldi.

Bizim kasabada iki izci kampı var. Kamp 24 hemen bizim mahallede, Kamp 133 ise yolun beş mil ötesinde. Kamp 133'te sosisli sandviç günleri ve havuz partileri filan düzenleniyor. Kamp 24 ise hafta sonları durmadan kamu hizmeti projeleri geliştiriyor. Bu yüzden Kamp 133 bana kesinlikle daha uygun.

Şimdi mesele babamın Kamp 24'ü öğrenmesine engel olmak. Çünkü öğrenirse beni mutlaka oraya kaydettirir.

Bu akşam arabayla alışveriş merkezine giderken, parkta temizlik yapan Kamp 24 üyelerinin önünden geçtik. Neyse ki babamın ilgisini son anda başka yöne çekmeyi başardım.

Pazartesi

Bugün ilk izci toplantım vardı ve neyse ki Kamp 133 ile idi. Rowley'yi de benimle birlikte kayıt olmaya ikna etmiştim. Tesise girdiğimizde, İzcibaşı Bay Berrett ile karşılaştık. Bizden İzci Yemini etmemizi filan istedi; sonra bizi içeri aldı. Üniformalarımızı bile verdi.

Rowley üniformanın çok havalı olduğunu düşündüğü için mutluydu. Bense nihayet temiz bir şey giyebildiğim için seviniyordum.

Üniformalarımızı giydikten sonra, diğer izcilere katıldık ve meziyet kartları üzerinde çalışmaya başladık. Bunlar temel işlerin nasıl yapılacağını öğrenmenize yardımcı olan küçük kartlar.

Rowley ile ne yapabileceğimizi görmek için kartları karıştırmaya koyulduk.

Rowley Hayatta Kalma Savaşı ya da Kişisel Zindelik gibi zor bir şey istiyordu. Ama onu bundan vazgeçirdim. Güzel ve kolay bir şeyle başlamamızın daha iyi olacağını söyledim. Biz de Oymacılığa başladık.

Ama oymacılık düşündüğümden çok daha zormuş. Bir parça tahtayı şekle sokmak için ne kadar uğraştık bilmiyorum. Bana asırlar geçmiş gibi geldi. Bu arada beş dakika bile geçmeden, Rowley'nin parmağına kıymık battı.

Bunun üzerine Bay Barrett'a gidip yapabileceğimiz daha az TEHLİKELİ bir şey olup olmadığını sorduk.

Bay Barrett tahtayla çalışırken zorlanıyorsak, sabunu deneyebileceğimizi söyledi. İşte o anda Kamp 133'e katılmakla ne kadar iyi ettiğimi anladım.

Rowley ile birlikte sabunu oymaya başladık. Derken harika bir şey keşfettim. Sabun yeterince ıslaksa, ona ellerinizle istediğiniz şekli verebiliyorsunuz. Biz de bıçaklarımızı bıraktık ve sabunu ellerimizle sıkarak şekillendirmeye başladık.

Benim ilk eserim bir koyundu. Bunu Barrett'a gösterdim. Listemdeki maddelerden birinin yanına işaret koydu.

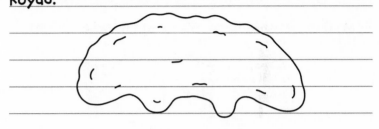

Bundan sonra ne yapacağımı bilmiyordum. Ben de koyunumu tepetaklak çevirdim ve Titanik'e dönüştürdüm.

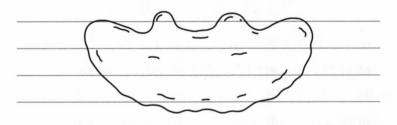

İster inanın ister inanmayın, Bay Barrett bunu da kabul etti.

NE KADAR KORKUNÇ BİR TRAJEDİYDİ!

Böylece Rowley ve ben liyakat rozetlerimizi alıp yakalarımıza taktık. Eve geldiğimde, babam çok etkilendi. Onu mutlu etmenin bu kadar kolay olduğunu bilseydim, izci kampına altı ay önce üye olurdum.

MAYIS

Pazar

Ertesi gün Bay Barrett kampımızın hafta sonu bir baba-oğul kampı düzenleyeceğini duyurdu. Ben de babama benimle gelip gelemeyeceğini sordum. Babamın küçük bir rozetten bile çok etkilendiğini görmek beni şaşırtmıştı; beni bütün hafta sonu müthiş erkek işleri yaparken görünce koltukları iyice kabarırdı herhalde.

Ama dün sabah çok ama çok hasta uyandım. Ben gidemeyecektim ama babam gitmek zorundaydı çünkü şoförlük yapmaya gönüllü olmuştu.

Bütün gün yataktan çıkmadım. Keşke hafta sonu değil de hafta içi hasta olsaydım. Geçen yıl okula bir gün bile devamsızlığım olmamıştı. Bunun bir daha tekrarlanmayacağına dair kendi kendime söz vermiştim.

Baba-oğul kampı tam bir FELAKETE dönüşmüş. Dün gece onda telefon çaldı. Babam hastanenin acil servisinden arıyordu.

Babamı Woodley kardeşler, Darren ve Marcus, ile aynı çadıra vermişler. Çünkü onların babası gelememiş. Darren ve Marcus, babam onlara yatmalarını söylediği halde, çadırın içinde koşturup duruyorlarmış. Sonra bir arada Darren Marcus'a futbol topu fırlatmış ve top Marcus'un tam karnına gelmiş.

Marcus altını ıslatmış; Darren da bunun çok komik olduğunu düşünmüş galiba.

Marcus kendini iyice kaybetmiş. Darren'a vurmuş. Darren da karşılık vermiş.

Babam ikisini ayırmak için çok uğraşmış. Sonra da Darren'ı acil servise götürmek zorunda kalmış.

Babam bu sabah eve geldi; kendisini bu duruma dü-
şürdüğüm için bana kızgındı. İçimden bir ses, bu
hafta sonunun ardından, onun Kamp 133'e hayran-
lığının geçeceğini söylüyor.

Pazar

Bugün Anneler Günü idi ve benim anneme verecek
hediyem yoktu.

Babamdan, anneme en azından bir kart ya da başka
bir şey almak için beni alışverişe götürmesini isteye-
cektim ama o hâlâ baba-oğul kampının etkisinden
kurtulamamıştı. Bana iyilik yapmaya hiç de meraklı
görünmüyordu.

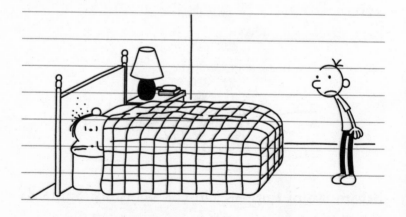

Ben de hediyemi ellerimle hazırlamaya karar verdim.

180

Geçen yıl anneme "Ev İşleri Kupon Kitapçığı" hazırlamıştım. Her kuponda "Bir kez bedava çim biçme" ya da "Bir kez bedava cam silme" gibi şeyler yazıyordu.

Babama da hemen her Babalar Günü'nde bir Ev İşleri Kupon Kitapçığı hediye ediyorum. Çok işe yarıyor. Hiç para harcamadan hediye meselesini çözmüş oluyorum. Babam da kitapçıktaki kuponları hemen hemen hiç kullanmıyor.

Annem ise geçen yıl kuponlarının her birini değerlendirdi. Bu yüzden bu yıl aynı hayatı tekrarlamak istemedim.

Bugün annem için yapabileceğim orijinal bir şey düşündüm ama zamanım yoktu. Ben de çareyi Manny'nin hediyesine ekleme yapmakta buldum.

Pazartesi

Babama baba-oğul kampı felaketini unutturmanın en iyi yolunun bunu baştan almak olduğuna karar verdim. Bu yüzden bu akşam yemekte babama benimle baş başa kamp yapmak isteyip istemeyeceğini sordum.

Bir süredir harıl harıl İzci el kitabını okuyorum ve öğrendiklerimi babama göstermek için sabırsızlanıyorum.

Babam bu teklifimin üzerine atlamadı ama annem bunun HARİKA bir fikir olduğunu söyledi. Hemen bu hafta sonu gitmemizi ve yanımıza Rodrick'i de almamızı önerdi. Ona göre üçümüzü birbirimize "bağlayan" bir deneyim olacakmış.

Bu fikre bayılmadım; Rodrick de öyle.

Aslında bu hafta sonu evden çıkmak istememin nedenlerinden biri, Rodrick'le kavgalı olmamız.

Dün akşam annem mutfakta Rodrick'in saçlarını kesiyordu. Genellikle annem saçımızı keserken, saçlar giysilerimize dökülmesin diye ensemize havlu koyar. Ama dün havlu yerine eski hamilelik giysilerinden birini kullandı. Ben de Rodrick'i o halde görünce, bu fırsatı değerlendirmem gerektiğine karar verdim.

Rodrick'in beni yakalayıp fotoğraf makinesini elim-
den almasına fırsat vermeden, yukarı koştum ve
kendimi tuvalete kilitledim. Onun gittiğinden emin
olana kadar da çıkmadım.

Rodrick benden intikamını aldı ama. Dün gece kâbus
gördüm, kırmızı karınca yuvasının üzerinde yatıyor-
dum. Onun sayesinde tabi!

Bana kalırsa, durum eşitlendi. Ama Rodrick'i biraz
tanıyorsam, bu işi böyle bırakmayacaktır. Bu yüzden
hafta sonu onunla beraber bir çadıra tıkılmayı hiç
ama hiç istemiyorum!

Cumartesi
Bugün babam, Rodrick ve ben kamp için yola ko-
yulduk. Erkekler için bir sürü faaliyetin olduğu bir yer
seçmiştim.

Kamp alanına doğru ilerlerken hava karardı ve yağmur yağmaya başladı.

Bu pek sorun değildi çünkü çadırımız su geçirmiyor. Annem de hepimize yağmurluk aldı. Ama oraya vardığımızda kamp alanının sular altında kaldığını gördük.

Evden çok uzaktaydık. Bu yüzden babam geceyi geçirecek bir yer bulmamız gerektiğine karar verdi.

Çok canım sıkkındı çünkü bu gezinin tek amacı, babamı kampçılık becerilerimle etkilemekti. Ama şimdi aptal bir otel odasında kalacaktık.

Babam bir yer buldu ve iki yatakla açılır kapanır bir kanepenin bulunduğu bir oda ayırttı. Bir süre televizyon izledik, sonra da yatmaya hazırlandık.

Önce, babam ısıtıcının çok gürültülü çalıştığını söylemek için resepsiyona indi. Rodrick'le odada yalnız kaldık.

Dişlerimi fırçalamak için banyoya girdim. Çıktığımda, Rodrick anahtar deliğinden dışarı bakıyordu. Bana heyecanla ürpermeme neden olan bir şey söyledi.

Holly Hills ve ailesi koridordaymış. Bizim tam KARŞIMIZDAKİ odada kalıyorlarmış.

Bunu kendi gözlerimle görmeliydim. Onu ittim ve delikten baktım.

Koridor bomboştu. Ben bunun numara olduğunu anlayana kadar, Rodrick beni itti ve kapıdan dışarı doğru düştüm.

Sonra daha da ileri gitti. Kapıyı arkamdan kilitledi. Ben de üzerimde sadece iç donumla koridorda kala-kaldım.

Kapıya vurdum ama Rodrick beni içeri almadı.

Öyle çok gürültü yapıyordum ki insanlar neler olup bittiğini anlamak için odalarının kapılarını açıp bakmaya başladılar. Ben de birilerine görünüp rezil olmamak için koşarak köşeyi döndüm. On beş dakika boyunca koridorlarda parmaklarımın ucunda yürüdüm ve ne zaman bir ses duysam saklandım.

Odamıza dönüp Rodrick'e beni içeri alması için yalvaracaktım ama birden oda numaramızı bilmediğimi fark etim. Bütün kapılar birbirinin aynı gibi görünüyordu.

Aşağı, resepsiyona da inemezdim. Tek çarem babamı arayıp bulmaya çalışmaktı.

Birden hatırladım: Babam bir abur cubur bağımlısıdır. Onu otomatların başında bulacağımı biliyordum, ben de o tarafa yöneldim.

Gazoz makinesiyle şeker makinesinin arasına gizlenip bekledim. Epey uzun süre beklemek zorunda kaldım. Sonunda babam göründü.

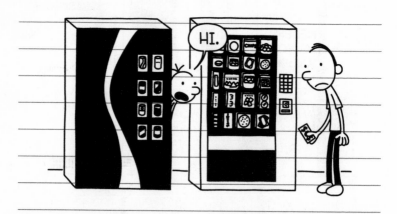

Ama ne oldu bilin bakalım? Babamın yüzündeki ifadeyi görünce, keşke orada beklemek yerine doğrudan resepsiyona gitseydim dedim.

Pazar

Kamp gezimizden sonra, babamın beni askeri okula göndermek konusundaki fikrini değiştiremeyeceğimden eminim. Artık deneme zahmetine bile katlanmam!

Oraya gitmek için önümde yalnızca üç hafta olduğunu fark ettim. Bu yüzden Holly Hills konusunda elimi çabuk tutmalıyım. Böylece askeri kampa güzel anılarla gidebilirim ve yaz tatilim çok da kötü geçmez.

Uzun süredir Holly ile konuşmak için cesaretimi toplamaya çalışıyordum. Sonunda bunu şimdi yapmazsam bir daha hiç yapamayacağıma karar verdim.

Bugün kiliseye gittiğimizde, Hills ailesinin yakınına oturmak için elimden geleni yaptım. Sonunda iki sıra önlerine oturduk, yeterince yakın sayılırdı. Herkes birbiriyle el sıkışırken, ben hamlemi yaptım.

El sıkışmak, iki parçalı bir planın ilk aşamasıydı. İkinci aşama bu gece uygulanacak. Holly'ye telefon edicem ve konuşmayı başlatmak için el sıkışmayı bahane edicem.

Bu gece yemekten sonra, herkese çok önemli bir telefon görüşmesi yapmam gerektiğini söyledim. Herkesin telefondan uzak durması gerekiyordu. Ama sanırım Rodrick benim bir kızı arayacağımı anladı. Çünkü bütün kulaklıkları alıp sakladı.

Bu da sadece mutfaktaki telefondan konuşabileceğim anlamına geliyordu. Ama bunun da imkânı yoktu.

Anneme Rodrick'in bütün telefonları aldığını söyledim. O da Rodrick'in hepsini aldığı yerlere koymasını söyledi.

Sonra Rodrick bodruma indi. Ben de görüşmemi yapmak için annemle babamın odasına girdim. Rodrick orada olduğumu anlamasın diye ışıkları söndürdüm ve battaniyenin altına saklandım. Rodrick'in beni takip etmediğinden emin olmak için yirmi dakika kadar bekledim.

Holly'nin numarasını çevirmeme fırsat kalmadan, biri odaya girip ışığı açtı. Rodrick olduğundan EMİNDİM.

Ama değildi. BABAM'dı.

Put gibi hareketsiz durmaya, babamın alacağını alıp çıkmasını beklemeye karar verdim.

Ama babam çıkmadı. Yatağa girip kitap okumaya başladı.

Babam odaya girer girmez ortaya çıkmam gerekirdi. Çünkü şimdi ona kalp krizi geçirtmemek için çıkamıyordum. Sonunda parmaklarımın ucunda, olabildiğince yavaş yürüyerek çıkmaya karar verdim.

Saniyede bir santim ilerliyordum. Böyle giderse odadan çıkmam yarım saatimi alacaktı. Ama ondan sonra da Holly ile konuşmak için yeterli zamanım kalırdı nasıl olsa.

Kapıdan çıkmama birkaç santim kalmıştı ki elimdeki telefon çaldı ve ödümü patlattı.

Babamın gerçekten kalp krizi geçirdiğini sandım. Kendine gelince, beni gördüğüne pek sevinmedi.

Beni odasından çıkardı ve kapıyı çarparak kapattı.

Bu yaşananlar babamla aramı düzeltmem konusunda katkıda bulunmadı. Ama galiba artık çok geç zaten.

Salı

Holly ile el sıkışmamın üzerinden iki gün geçti; artık onunla bir an önce konuşmak istiyordum.

Neyse ki, babam ve Rodrick bu gece evde değillerdi. Bu yüzden telefonda rahatsız edilmeden konuşabileceğimi biliyordum. Söyleyeceklerimi bir milyon kere prova ettim. Sonunda cesaretimi toplayıp telefonu elime aldım.

Holly'nin numarasını çevirdim. Çalmaya başladı. Ama o sırada annem alt kattaki telefonu aldı.

Annemin telefonda kimsenin konuşup konuşmadığına bakmadan tuşlara basma alışkanlığı vardır. Bu gece de aynı şeyi yaptı.

Onu durdurmaya çalıştım ama faydası yoktu.

Hill'lerin evindeki telefon çalmaya devam ediyordu. Biri telefonu aldı. Holly'nin annesi idi bu.

Hill'lerin numarasını çevirmediği için annemin aklı iyice karışmıştı. Bense nefesimi tuttum ve her şeyin bitmesini bekledim.

Annemle Holly'nin annesinin kiminle konuştuklarını anlamaları biraz zaman aldı. Ama sonra hiç garip bir şey olmamış gibi çene çalmaya başladılar.

Okul aile birliğinden, hayır kurumlarından filan söz ettiler. Telefonu kapatamazdım çünkü annem o zaman tıkırtıyı duyar ve diğer uçta biri olduğunu anlardı.

Yavaş yavaş, annemle Bayan Hills arasındaki konuşma bana kaydı.

"... AĞABEYİNE ŞEBEYEK DEDİ... MIMM.. HIMM..."

O anda telefonu çat diye kapatıp yatmaya gittim. Holly ile telefonda konuşmamın mümkün olmayacağını anladım ve pes ettim.

Cuma

Bugün Holly'nin iki kızla konuşmasına kulak misafiri oldum. Bu akşam onlarla paten alanında buluşacağını söylüyordu. Hemen beynimde bir ampul yandı.

Okuldan sonra, anneme beni paten kaymaya götürüp götüremeyeceğini sordum. Tamam dedi. Ama eve beni bir başkasının anne ya da babasının bırakması gerekecekti. Ben de Rowley'yi davet ettim.

Rowley'yi bizim kapıda görür görmez onu davet etmekle hata yaptığımı anladım.

Rowley bütün saçlarını havaya dikmiş ve en sevdiği pop şarkıcısı Joshie gibi giyinmişti.

Hatta dudaklarına parlatıcı bile sürmüştü galiba ama emin değilim. Ama Rowley için üzülecek zamanım yoktu çünkü benim KENDİ dertlerim vardı. Lenslerimden birini kaybetmiştim, bu yüzden yedek gözlüğümü takmak zorundaydım. Gözlüğün camları öyle kalın ki. Çok APTAL görünüyor.

Ama lens ya da gözlük takmazsam, yarasa gibi kör oluyorum. İyi ki mağara adamları zamanında yaşamamışım, çünkü kesinlikle avlanamaz ya da faydalı bir şey yapamazdım. Kabile arkadaşlarım ilk fırsatta beni bırakıp kaçarlardı herhalde.

İnsanların beni yanlarında isteyecek kadar değerli bulmaları için bilge filan olmam gerekirdi sanırım.

Bu gece paten alanına giderken, benim Holly Hills ile konuşmam halinde nasıl davranması gerektiği konusunda Rowley'ye talimatlar verdim. Onu tanıyorum. Holly konusundaki her türlü şansımı yok edebilir.

Keşke arabadan inene kadar bekleseymişim. Çünkü annem konuşmayı duydu.

Araba durur durmaz, annemin duymak istemediğim başka sözler söylemesine fırsat vermemek için aşağı atladım.

Rowley ile biletlerimizi alıp içeri girdik. Patenlerimizi kiralayıp geniş alana çıktık. Buradan her yeri görebiliyordum.

Holly'nin büfenin yanında durduğunu gördüm. Etrafı arkadaşlarıyla çevriliydi. Bu yüzden gidip onunla konuşmaya hazır olmadığımı hissettim.

Saat dokuzda DJ "Çiftler Pateni"ni anons etti. Bir sürü insan birbiriyle eşleşiyordu. Holly ise bir masada tek başına oturuyordu. Bunun beklediğim fırsat olduğunu anladım.

Onun yanına doğru ilerlemeye başladım. Ama paten-
le ilerlemek düşündüğümden çok daha zordu. Ayakta
durabilmek için duvara tutunmak zorunda kaldım.

Yol hiç bitmeyecek gibiydi. Ben Holly'nin yanına gi-
dene kadar şarkı bitecekti. Bu yüzden işleri hızlandır-
mak için popomun üzerine oturup Holly'ye doğru
kaymaya başladım.

GIRÇ GIRÇ

İki kez üzerime basılmasından son anda kurtuldum.
Ama sonunda büfeye varmaya başardım.

Holly hâlâ orada kendi başına oturuyordu. Zaman geçiyordu. Ben de yere dökülen soda birikintisinin üzerinden atlayıp onun yanına ulaştım.

Yol boyunca Holly'ye neler söyleyeceğimi düşünmüştüm. O anda çok havalı görünmediğimi biliyordum. Bu yüzden bunu telafi etmek için güzel şeyler söylemek zorundaydım. Ama daha ağzımı açmama fırsat kalmadan, Holly'nin ağzından her şeyi değiştiren sözcükler çıktı:

SENİN ADIN FREGLEY Dİ Mİ?

Ona benim Greg Heffley olduğumu, beni "Kuçu" şakasından hatırlayabileceğini söylemek istedim. Ama o sırada Çiftler Pateni bitti. Holly'nin etrafı yine arkadaşları tarafından sarıldı. Onu çekip piste götürdüler.

Ben de gidip kenara oturdum ve gecenin geri kalanı-
nı orada geçirdim. Çünkü inanın canım hiç kaymak
istemiyordu.

Biliyor musunuz, Holly'nin harcadığım zamana değ-
meyeceğini uzun zaman önce anlamış olmalıydım.
Beni FREGLEY ile karıştıran birinin aklından zoru
vardır mutlaka.

Kızlarla işim olmaz artık. Babama askeri kampa daha
erken gidip gidemeyeceğimi sormalıyım. Çünkü artık
buralarda takılmamın bir anlamı yok.

HAZİRAN

Cuma

Bugün okulun son günüydü ve benim dışımda herkes çok keyifliydi. Herkes yaz boyunca eğlenmeyi dört gözle bekliyor. Bense mekik çekip uygun adım yürümeyi bekliyorum.

Öğle yemeğinde herkes yıllıkları birbirine imzalatmak için elden ele dolaştırdı. Benimki geri geldiğinde son sayfasında şunu gördüm:

Önce "Ucubik"in kim olduğunu çözemedim. Sonra Rowley olduğunu anladım. İki gün önce Rowley büyük çocuklardan birinin dolabının önünde duruyormuş. Çocuk da ona çekilmesini söylemiş.

Demiş ki:

Bu yüzden galiba Rowley, "Ucubik"in onun sürekli lakabı filan olduğunu sanıyor. Umarım benim de bunu söylememi beklemiyordur.

Yıllığımı başka kimlerin imzaladığını görmek için sayfaları çevirdim. Birden yüreğim hop etti. Holly Hills imzalamıştı.

Bir kere, benim adımı yazmıştı. Demek Cuma gününden beri kim olduğumu öğrenmişti. İkincisi, sonunda "grsz" yazmıştı. Herkes bunun "görüşürüz" anlamına geldiğini bilir. Görüşürüz tabi, görüşmez olur muyuz hiç?

Greg,

Seni pek tanımıyorum ama
fena birine benzemiyorsun galiba.

Grsz.
Holly

Holly'nin yazdıklarını göstermek için yıllığı Rowley'ye uzattım. Ama o bana kendi yıllığında yazanları gösterince, benim notum çok sıradan göründü.

Sevgili Rowley

Çok sevimli ve komiksin. Umarım gelecek yıl yine aynı sınıfta oluruz. Hep böyle tatlı kal.

Sevgiler, Holly

İki dakika sonra, Holly'nin yıllığı geldi. Benim de imzalama fırsatım oldu. Şunları yazdım:

> **Sevgili Holly**
>
> **Hoş bir insansın ama seni sadece arkadaş olarak görüyorum.**
>
> **Ucubik**

Bence Rowley'ye BÜYÜK bir iyilik yaptım. Onun kalbini Holly Hills'e kaptırmasını istemiyorum çünkü kızlar bazen çok acımasız olabiliyorlar.

Cumartesi

Bugün yaz tatilimin ilk günüydü ve ben günümü Seth Snella'nın yarı yaş partisinde geçirmek zorunda kaldım. Anneme evde kalmam için bana izin vermesi konusunda ısrar ettim ama partiye ailece gideceğimizi söyledi.

Babam mücadele etme zahmetine bile katlanmadı. Çünkü bundan kurtulamayacağını biliyordu.

Saat birde yolun karşı tarafına geçip Snella'ların evine gittik.

Snella'lar bu yıl gerçekten çok uğraşmış. Balon hayvanlar yapan bir palyaçoyla bir salıncak bile getirtmişler.

Canlı müzikleri de vardı. Rodrick çok kızgındı çünkü kendi grubu Yalı Kayıt da partide çalmak istemiş ama Snella'lar istememişler.

Herkes yemek yedi; saat üç buçukta asıl olay başladı.

Bay ve Bayan Snella bütün yetişkinlerin Seth'in önüne dizilmesini istediler. Sonra herkes sırayla Seth'i güldürmeye çalıştı. İlk sırada Bay Henrich vardı.

Sıranın en arkasında duran babamın çok gergin göründüğünü fark ettim. Bir ara kendime kek almaya giderken onun yanından geçiyordum. Beni durdurdu. Kendisini bu durumdan kurtarırsam ne istersem yapacağını söyledi.

Babamın benden iyilik istemesi çok ironikti doğrusu. Üstelik beni yarın askeri kampa göndermeye hazırlanırken! Aslında biraz sıkıntı çekmesinin benim için bir sakıncası yoktu.

Ama bu babamın bütün mahallenin önünde şaklabanlık yapmasını görmek istediğim anlamına gelmez. Kendim de rezil olmadan eve kaçmanın yollarını düşünmeye başladım.

O anda Manny'yi gördüm. Karşı tarafta durmuş, Seth'in hediyelerini karıştırıyordu.

Manny bizim ailemizin aldığı hediyeyi buldu ve paketi yırtıp açtı. Ne olduğunu görür görmez, işlerin iyice karışmaya başladığını anladım.

Bu mavi, el örgüsü bir battaniyeydi. Tıpkı MANNY'nin battaniyesine benziyordu. Yani Manny kendine yeni bir Böbö bulmuştu.

Manny'nin yanına gittim ve ona battaniyeyi vermek zorunda olduğunu, onun Seth'e alındığını söyledim. Ama Manny inat ediyordu.

Manny battaniyeyi alacağımı anlayınca, arkasını döndü ve battaniyeyi fırlattı.

Battaniye bir ağacın dalına takıldı. Annem görmeden onu oradan almak zorunda olduğumu biliyordum. Hemen ağaca tırmanmaya başladım.

Tam battaniyeyi almak üzereyken, ayağım kaydı. Orada asılı kaldım. Kendimi yukarı çekmeye çalıştım. Ama gücüm yoktu.

Belki de yapabilirdim ama bütün gün mideme üzümlü sodadan ve bir parça pastadan başka bir şey girmemişti. Bu yüzden hiç enerjim yoktu.

Bağırıp yardım istedim. Ama keşke dikkatleri üzerime çekmeseydim. Çünkü tam herkesin neler olup bittiğini görmek için toplandığı sırada pantolonum gevşedi ve bacaklarımdan aşağı kaydı.

Kendi pantolonumu giysem öyle olmazdı. Ama özel günlerde giydiğim pantolonumu her tarafına çikolata bulaştıktan sonra yıkamadığım için, Rodrick'in pantolonunu ödünç almıştım. O da bana iki beden büyüktü.

İyice rezil olduğumu düşünüyordum. Derken, altımda üzerinde kadın çizgi film kahramanları olan iç çamaşırımın olduğunu fark ettim.

Babam koşup aşağı inmeme yardım etti. Ama bu arada Bay Snella her şeyi kameraya çekmişti. İçimden bir ses bu kez "Amerika'nın En Komik Aileleri" yarışmasında büyük ödül için güçlü bir aday olduğunu söylüyor.

Sonra babam beni eve götürdü. Bana çok kızacağını sanıyordum. Ama meğer benim yaşadığım kaza tam Seth Snella'yı güldürmeye çalışma sırası babama gelmek üzereyken gerçekleşmiş. Bu yüzden onu kurtarmışım.

Meğer babam yaptığım her şeyin numara olduğunu sanmış!

Ben de doğrusunu söylemedim. Kendime kocaman bir kâse dondurma aldım. Televizyonun karşısına oturdum. Geriye kalan özgür zamanımı olabildiğince keyifli geçirmeye çalıştım.

217

Pazar

Bu sabah uyandığımda, saat on biri çeyrek geçiyordu.
Neden hâlâ yatakta olduğumu anlayamadım. Çünkü
babamın beni sabah sekizde askeri okula götürmesi
gerekiyordu.

Aşağı indim. Babam mutfak masasında oturmuş, ga-
zete okuyordu. Daha giyinmemişti bile.

Mutfağa girdiğimde, babam bana şu askeri okul meselesini "yeniden" düşünebileceğimizi söyledi. Bir süre sınav ve mekik çekebileceğimizi ve bunun da askeri kamptaki program kadar işe yarayabileceğini söylemişti.

Kulaklarıma inanamıyordum. Galiba babam dün kendisini kurtardığım için kendini bana borçlu hissediyordu. Borcunu da bu şekilde ödüyordu.

Babam fikrini değiştirmeden evden çıktım ve Rowley'lere gittim. Yokuşu çıkarken, birden yaz tatilinde olduğumun farkına vardım.

Rowley'lerin kapısını çaldım. Açtığında, ona askeri kampa gitmek zorunda olmadığımı söyledim.

Rowley neden söz ettiğimi bile anlamadı. Bu da onun bazen dünyadan habersiz olabildiğini gösteriyor.

Bir süre bilgisayarda oyun oynadık. Sonra annesiyle babası bizi evden çıkardılar. Biz de kendimize şeker aldık ve ön verandada oturduk.

Sonra neler olduğuna inanamazsınız. Daha önce hiç görmediğim çok tatlı bir kız yanımıza gelip kendini tanıttı.

Adının Trista olduğunu ve bizim sokağa yeni taşındıklarını söyledi.

Rowley'ye baktım. Onun da benim düşündüklerimi düşündüğü belliydi. Kafamda bir plan yapmam iki saniye sürdü.

Ama sonra aklıma daha iyi bir fikir geldi.

Rowley'nin ailesi bir kulübe üye. Her gün havuza gi-derken yanında iki kişi götürme hakkı var.

Bu çok güzel olabilir.

İşler benim için tıkırında gidecek galiba. Eh, vakti de gelmişti zaten. Kimse tatili benim kadar hak etmedi. Çünkü daha önce de dediğim gibi, ben tanıdığım en iyi insanlardan biriyim.

SON

TEŞEKKÜRLER

Karım Julia'ya teşekkürler; onun sevgisi ve desteği olmasaydı, bu kitaplar olmazdı. Aileme –annem, babam, Re, Scott, Pat ve genişleyen aileme –Kinney'ler, Cullinane'ler, Johnson'lar, Fitch'ler, Kennedy'ler ve Burdett'ler- teşekkürler. Çalışmalarım sırasında bana çok destek oldunuz; bu deneyimi sizlerle paylaşmak çok güzeldi.

Her zamanki gibi, bu diziye şans veren editörüm Charlie Kochman'a, sektörün en iyi halkla ilişkilercisi Jason Wells'e ve Abrams'ın tüm çalışanlarına teşekkür ediyorum.

Patronum Jess Brallier'e ve Family Education Network'teki tüm arkadaşlarıma teşekkürler.
Hollywoodland'den Riley, Sylvie, Carla, Nina, Brad, Elizabeth ve Keith'e teşekkürler:

İlk iki kitaptaki katkıları için Mel Odom'a teşekkürler.

Son olarak, ben vazgeçmişken çizmek için kalemi yeniden elime almam için beni teşvik eden Aaron Nicodemus'a teşekkür ediyorum.

YAZAR HAKKINDA

Jeff Kinney, Poptropica.com'un yaratıcısı ve New York Times bestseller'ları olan Saftirik'in Günlüğü ve Saftirik'in Günlüğü 2: Rodrick Kuralları'nın yazarıdır. Çocukluğu Washington DC'de geçti. 1995'te New England'a taşındı. Halen Massachusetts'te yaşıyor.